あの乙女ゲーは俺たちに厳しい世界です
三嶋与夢
イラスト／悠井もげ
キャラクター原案／孟達
GC NOVELS
02

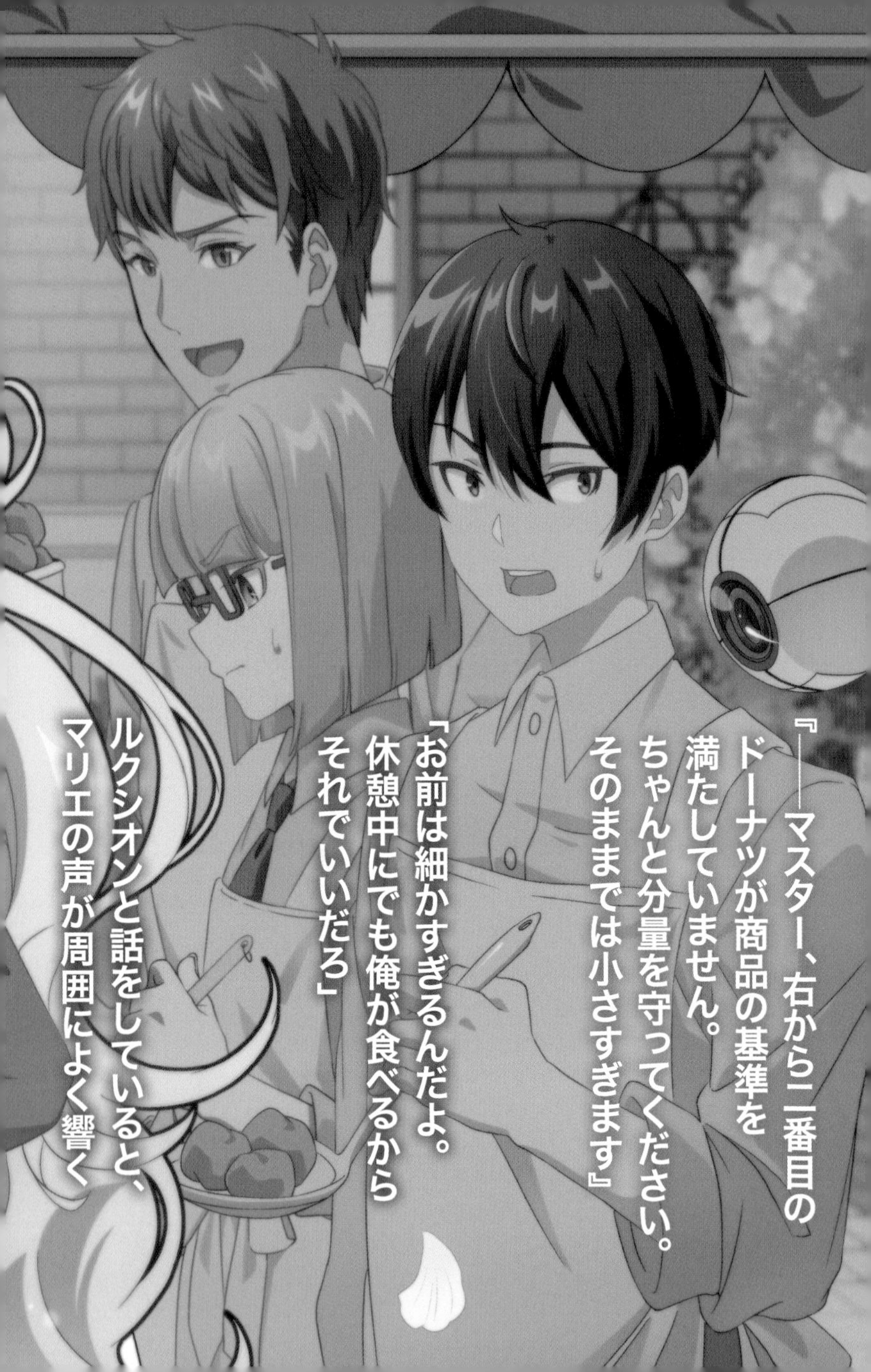
『――マスター、右から二番目の
ドーナツが商品の基準を
満たしていません。
ちゃんと分量を守ってください。
そのままでは小さすぎます』
「お前は細かすぎるんだよ。
休憩中にでも俺が食べるから
それでいいだろ」
ルクシオンと話をしていると、
マリエの声が周囲によく響く

「いらっしゃいませー!!
カラフルな
ボールドーナツは
いかがですか～!!」
ncIent ♡

「マリエ――
俺と婚約するか？」
「へっ!?」

02
あの乙女ゲーは俺たちに厳しい世界です

THAT OTOME GAMES IS

CONTENTS



A TOUGH WORLD FOR US.☆

# プロローグ

誰もが望んだ未来を手にする事は難しい。

時には本人には抗いようのない未来も存在する。

どれだけ慎重に選び、行動しようとも――現実とは厳しい物である。

学園も二学期が始まり、もう半ばに入ろうとしている頃だった。

朝から普段よりも身だしなみに気を付け、スーツやドレスに身を包んだ人々が、ある領地にある宗教施設――神殿に祝い事をするため集まっていた。

生憎《あいにく》と天気は曇りだが、神殿内にいる人々は笑顔を浮かべている。

大勢に見守られる中、純白のウェディングドレスに身を包んだ若い女性の姿があった。

彼女の名前は【マリエ・フォウ・ラーファン】。今日はボリュームのある髪を編み込んで綺麗にまとめている。

普段よりも時間をかけてメイクしたが、その顔はベールで隠れているため周囲にはよく見えない。

マリエはベール越しにステンドグラスを見上げる。

前世の教会を思わせる造りをしている神殿だが、ステンドグラスに描かれているのはホルファート王国の建国に関わった聖女である。

今の自分と同じく純白のドレスを身にまとい、腕輪、首飾りをつけ、そして杖を持っていた。

慈愛に満ちた顔をしている聖女を見上げるマリエだが、表情は天気と同じく曇っていた。

本来ならば、喜ぶべき状況であるはずだ。

天気だけはどうにもならないが、前世ではついに叶わなかった結婚式の最中である。

自分と相手方の親族たちが列席し、祝い、見守られる中で式が行われる――マリエにとっては、今世で叶えたかった夢の一つだった。

だが、マリエの気分は最悪だった。

(本当に人生ってどうにもならないわよね)

学園に入学して、一年も過ぎていないこの時期に結婚式を挙げている自分の運命を呪いたくなっていた。

チラリと長椅子に座っている自分の家族を見れば、随分と嬉しそうに喜んでいた。

普段はマリエの事など家族の一員と認識していないような家族だが、今日に限っては全員揃って列席している。

かなり張り切っているのだが――娘の門出を祝うためではない。

今世の家族と呼ぶのも腹立たしい彼らが、マリエの結婚式に列席して祝おうとしているのには相応の理由があった。

今世の父親――ラーファン子爵は、痩せすぎとも思えるほど細身の人物だ。

普段から酒を大量に飲み、不摂生な生活を続けている影響だろう。

結婚式の最中だというのに、妙に顔が赤いのは飲酒をしたから。

そんなラーファン子爵が、祝いの場で割と大きな声で本音を言う。

「役立たずの末娘一人が、思っていたよりも高く売れたものだ。これで我が家の問題も片付いてくれる」

ラーファン子爵の隣に座るふくよかな女性は、新たに購入したと思われる貴金属で着飾っていた。

「我が家の借金問題を解決させるなんて、本当に親孝行な娘だわ。こうなるとわかっていれば、もう少し可愛がってあげたのにね」

この結婚式だが、マリエが望んだものではない。

マリエは家族に売られ、望んでもいない相手と結婚することになった。

マリエは俯き、自分の不幸を嘆く――のではなく、今世の家族に腹を立てる。

(こいつら絶対に許せない！)

奥歯を噛みしめ、怒りに震えるマリエのもとに新郎が歩いてくる。

そんな新郎の姿を見て、マリエは心の中で毒づいた。

(なんでこいつが不満そうなのよ!?　不満なのはこっちなんだけど!!)

新郎はマリエの姿を見てわざとらしい溜息を吐き、嫌々という感じを隠さなかった。

歩み寄ってくると、あからさまに不機嫌そうにマリエの側に立つ。

不健康そうに太った新郎の年齢は三十歳過ぎ。

結婚式の場で露骨に嫌がり、取り繕《つくろ》うこともしない。

随分と高価そうな衣服を身にまとっているが、本人には品性が感じられない。

新郎はマリエから視線を外し、視界に入れないようにしながら――愚痴までこぼし出す。

「どうして僕がこんなチンチクリンと結婚しないといけないのかな？　僕の好みはもっとグラマラスな女だ。全然希望と違うじゃないか」

無礼な振る舞いに加えてこの物言いには、マリエも腸《はらわた》が煮えくりかえる思いだった。

（お前の家が持ちかけた結婚だろうがぁぁぁ！）

マリエは前世を持っているが、肉体年齢で言えば十六歳だ。

しかし、こちらの世界では成人と認められ、結婚だって出来てしまう。

だが、マリエからすれば――楽しい学生生活を奪われ、好きでもない男の家に無理矢理嫁がされる状況だ。

何しろ、結婚すれば学園を退学しなければならない。

自分の結婚が、まさか家族に売られた結果というのはマリエも予想していなかった。

とても納得できる結婚ではなかった。

（ふざけんなよ！　何で〝あの乙女ゲー〟の世界で、こんな――こんなにも夢も希望もない結婚をしないといけないのよ。私はもっと――ちゃんと好きな人と――）

あの乙女ゲーの世界に転生してから、マリエは苦労し続けてきた。

いずれ学園に通うことだけを夢に見て、回復魔法の腕を磨いてきた。

その結果、体の成長を犠牲にしたと教えられた時はショックも大きかったが。

ただ、家族に回復魔法が使える事は告げていない。

自分を売り飛ばすような家族に知られれば、必ず利用されてしまうからだ。

マリエは自分の家族を信用していない。

前世の家族と比べると、本当に酷い連中だった。

何しろ、膨れ上がった借金の帳消しと引き換えに、マリエを金持ちの家に売ったのだから。

(私がどれだけ苦労をしてきたと思っているの!?　ようやく学園にも入学できて、予定とは違ったけどそれなりに楽しく生活できていたのに！)

前世で言うならば神職——神官職の女性が、金色の首飾り、腕輪、杖を持って二人の前に立ってニコニコと微笑《ほほえ》んでいる。

新郎の態度に眉をひそめていないのは、それだけの謝礼を用意されたからだろう。

「今日という良き日に、両家が縁を結べるのは幸せです。これも聖女様の加護のおかげでしょう。さあ、それでは結婚式を始めましょうか」

新郎は早く終わって欲しそうな顔をしている。

「早く終わらせてくれ」

最初からこの結婚に興味がないようだ。

何しろ、この結婚式は新郎も望んだものではない。

言ってしまえば家同士の繋がり——本人たちの意志など関係なかった。

新郎の家は成り上がり扱いを受けており、欲しいのは貴族の血——マリエ本人ではなかった。

こんな強引とも言える手段に出たのは、新郎の家が特殊な成り上がり方をしているためだ。

他の貴族たちからは毛嫌いされるか、利用されるのみ。

そのため、新郎の家と縁を結ぼうとする貴族はいなかった。

そんな家だから、どうしても貴族の血を欲しがっていた。

別にマリエでなくてもよかったわけだ。

――ただ、貴族の血筋であれば誰でもいい。

神官が新郎の態度に僅かに顔を引きつらせるが、もらった金額を思い浮かべたのか笑顔を取り繕っている。

「ええ、それでは早めに終わらせましょう。若い方々には長い話など退屈でしょうからね」

神官は不満そうな新郎ばかりを気にかけ、マリエの様子は一瞥《いちべつ》するに留まる。

マリエが結婚を望んでいるようには見えないのに、少しも同情する素振りがない。

これが普通だ。

あの乙女ゲーで主人公が大恋愛の末に結ばれ、新郎新婦が周囲に祝福されながら互いに愛し合うような結婚など――夢のまた夢である。

(本当に厳しい世界よね。あの乙女ゲーの世界なら、もう少し私に優しくしてよ。そもそも、こんな奴と結婚しないといけないなんて)

新郎を見れば大体の人柄が伝わってくる。

お金持ちの家に生まれ、何不自由なく生活しているのだろう。

苦労を知らず、わがままに育った男だ。

こんな相手に嫁げばどうなるか？

マリエは容易に予想が出来てしまう。

きっと愛のない結婚生活が待っているのだろう。

子供を生んだら、役目は終わったとばかりに冷遇される可能性が高い。

(前世は失敗したから、今回は頑張ろうって――二度目の人生は、幸せになるって決めたのに、本当に最悪!)

こんな未来のために、自分は努力してきたのではない! ――そう思うと、マリエは悔しくて涙が出てくる。

だが、どうにもならない。

どれだけマリエが頑張ろうとも、この状況を覆すことは出来ない。

マリエは辛い現実を前に、現実逃避をするように誰かが助けに来てくれないかと妄想する。

ふと、前世の兄の顔が朧気《おぼろげ》ながら浮かんでくる。

(ははっ、こんな時まで兄貴の顔が思い浮かぶなんてね)

心の中で自嘲するマリエだったが、兄ならば何とかしてくれると思えてくる。

今にして思えば、凄く頼りになる存在だった。

(助けてよ、兄貴――お兄ちゃん、助けてよ)

普段は兄貴と呼びながら、甘える時だけはお兄ちゃんと呼ぶ。

心の中で兄に助けてと呟き、そしてマリエは――どうしてこうなってしまったのか? とこれまでの経緯を思い浮かべる。

# 第01話「バルトファルト家での夏期休暇」

夏期休暇も残り一週間を切った頃。

バルトファルト家の領地に戻ってきた俺【リオン・フォウ・バルトファルト】は、普段よりも遅い時間に目を覚ました。

遅いとは言っても朝の七時だ。

学園に入学する前までは、日の出と共に目を覚まして家の手伝いをしていた事を思えば十分に遅い時間である。

背伸びをすると欠伸《あくび》が出て、そのまま着替え途中のだらしない恰好で部屋を出ると階段を降りる。

ギシッギシッと鳴る階段の音をかき消すのは、俺を目覚めさせた騒がしい声である。

「朝っぱらから何の騒ぎだよ」

シャツのボタンを締めていると、俺の右肩付近に浮かんでいる相棒の【ルクシオン】が原因を答えつつチクリと言う。

『マリエとご兄弟が遊んでいます。それよりも、ご家族の中でマスターの起床時間が最後でした。夏期休暇で気が緩んでいると推測されるので、改善を要求します』

騒ぎの原因だけを教えてくれればいいのに、不必要な提案までしてくる。

ルクシオン――こいつは人工知能だが、本体は宇宙船である。

俺の側にいるのは、金属色の球体に赤いレンズの一つ目という姿の子機である。

大きさはソフトボールくらいで、見ようによっては愛嬌があるのだろう。

残念なのは、俺をマスターと呼び主人として扱いながら、こうして小言が多いことだ。

「七時に起きたんだ。十分に早起きだろ」

『ご家族はその前に起きて活動を開始していますよ』

「田舎の朝は早いよな」

早起きを推奨してくる人工知能の話を誤魔化し、階段を降りた俺は騒ぎの原因が近付いてきたのでそちらに顔を向けた。

廊下から居間へと向かって走っているのは、先程ルクシオンが言っていたマリエと俺の弟――【コリン】だった。

「ここまでおいで！」

まだ幼いコリンは、朝から元気一杯で何よりだ。

ルクシオンが俺たちの前を駆け抜けるコリンとマリエに、赤いレンズを向けて追跡し、様子を観察していた。

『この状況は最近になって頻発しております。どうやら、マリエはバルトファルト家に馴染みつつあるようですね』

ルクシオンの話を聞きながら、俺は複雑な顔をしていたと思う。

「確かに馴染んではいるけどさ」

コリンの後ろを走るマリエの形相だが、うちに着た時にかぶっていた可憐で儚《はかな》げな印象の少女という仮面を脱ぎ捨てている。

朝から大きな声を出しながら、眉根を寄せた顔で走っている。

「待てこらぁぁぁ！」

マリエに追いかけられるコリンだが、何か悪戯《いたずら》をしたのだろう。

成功したようで、随分と楽しそうにしていた。

「や～だよ」

バタバタと家の中を走り回る二人を見て、俺は朝っぱらから溜息が出てくる。

「また喧嘩かよ？　あの二人も飽きないな」

呆れている俺に、ルクシオンが細かな事情を説明してくれる。

『はい。弟君がマリエをからかったのが原因です。初対面の頃はお互いに緊張していましたが、今では気兼ねない関係になっていますね』

「気兼ねないって言うか、遠慮がないだけだろ」

どうやら、コリンはマリエを歳の近い姉のように思っているらしい。

年上として振る舞うマリエをからかうのが楽しいようだ。

止せばいいのに、マリエもムキになるから余計にコリンが面白がっている。

もう少し年上らしい落ち着きを持って欲しいものだ。

すると、家の中を走り回るコリンを見かけた親父【バルカス】が、キッと表情を引き締めるとコリンの頭に拳骨をする。

急に頭を叩かれたコリンは、涙目になっている。

「痛ぁ！」

「コリン、マリエちゃんをからかうんじゃない。マリエちゃんは、うちにとって大事な人なんだぞ。それなのに、お前ときたら――」

泣き顔になっているコリンに対し、親父は説教を始めようとしていた。

先程まで追いかけっこをしていたマリエも、これにはオロオロとしている。

「あ、あの男爵様、そこまでしなくても大丈夫ですよ。怒るほどでもありませんし」

さっきまで怒っていた奴の台詞《せりふ》じゃないな。

マリエがコリンを庇《かば》うと、今度は親父が申し訳なさそうに謝罪する。

「すまないな、マリエちゃん。コリンも嫌っているわけじゃないんだ。嫌いにならないで欲しい」

「あ、はい」

親父はコリンの頭に手を乗せると、やや強引に頭を下げさせ謝罪させた。

マリエが困っている様子を眺めていると、次兄である【ニックス】が何をやっているんだ、と言いたげな顔で俺に近付いてくる。

「朝から騒がしいな」

話しかけてきたニックスに、ルクシオンが反応する。

『おはようございます、兄君。今朝は早起きして素振りしていましたね。マスターと違って有意義な時間を過ごされたようで何よりです』

俺への嫌みが込められた挨拶に、ニックスは苦笑していた。

「おはよう。リオンの相棒は今日も元気だな。それより、コリンが怒られている理由はマリエちゃんに何かしたせいか？」

「そうだよ。飽きもせず喧嘩《けんか》をして、まるで本物の姉弟みたいだ」

ヘラヘラ笑って答えると、ニックスは少しだけ驚いた顔をした後に首をかしげる。

「義理の姉弟だし、間違いじゃないだろ？」

「――え？」

俺が驚くと、ニックスまでもが驚く。

「え？」

「いや、だって――え？　何でマリエとコリンが義理の姉弟になるんだよ？」

俺はニックスが言っていることが、本気で理解できなかった。

まだ自分は寝ぼけているのではないか？　そんな風に疑ったくらいだ。

聞き間違いかと思っていたが、ニックスの反応を見るに違うらしい。

「お前は本気で言っているのか？　それとも寝ぼけているのか？」

ニックスの反応に俺は困ってしまう。

「いや、だって」

「だって、じゃないだろ。学園の女子生徒を実家に連れてきて、そのまま一緒に一ヶ月以上も生活したんだぞ。外から見れば、もう婚約したのも同然だぞ」

正式に婚約はしていないが、周りから見れば女子が男子の実家で夏期休暇を丸々過ごす。確かに第三者が聞けば、婚約していると勘違いしてもおかしくない。

俺たちの会話を聞いていたルクシオンは、どうやらこの状況を利用したいらしい。

『世間で言えば婚約したのも同然ですね。マスターの好きな世間体を考慮すれば、婚約した方が正解ですよ』

こいつは何かあるとすぐに、俺とマリエを結婚させようとしてくる。

大きなお世話だと思いながら、俺はニックスの誤解を解く。

「お前は黙っていろ！　兄貴、マリエはほら!?　――実家に帰れないから、それなら俺の家に来れば、って誘っただけでさ」

マリエ曰く、ラーファン家には問題があるらしい。

実家にも帰ってくるなと言われたマリエは、夏期休暇を学園で過ごそうとしていた。

夏期休暇にダンジョンに挑み、お金を稼ぐ！　と本気で言っていたのが可哀想になって俺の実家に誘ったわけだ。

当然だが、下心なんてまったくなかった。

そもそもの話だが、マリエが好きな男は美形で高身長のお金持ちだ。

俺は冒険者として一発当ててお金持ちではあるが、高身長でも美形でもない平凡な男子生徒に過ぎないので好みから外れている。

更に、俺の好みは――巨乳の女性だ。

俺は巨乳が大好きなのに、マリエは真っ平らだから論外。

――悲しいまでに、互いに好みの相手ではない。

ニックスは、コリンを庇ってオロオロしているマリエを優しい目で見ていた。

「あんないい子、今後は絶対に見つからないぞ。それに親父やお袋も、お前がマリエちゃんと結婚するって思っているからな」

「嘘だろ!?」

俺の両親が、うちに来たマリエに妙に優しかったのはそのためか？

今の内に誤解を解かないと大変なことになりそうだ。

ニックスが悲しそうな顔で溜息を吐く。

「お前はいいよな。学園ですぐに結婚相手を見つけられたしさ。俺なんて、相手が見つからなくて大変なのに」

どうやら、ニックスも婚活で苦労しているようだ。

ニックスだが、学園では俺と違って普通クラス――騎士家や跡取りではない男子生徒たちのクラスだ。

上級クラスとは婚活事情が異なっているため、苦労とは言っても俺たちほどではないだろうが――

それでも、難しいらしい。

「兄貴のクラスなら、相手とかすぐに見つかるだろ？　違うのか？」

ニックスが頭をかく。

「普通クラスの女子だって都会に住みたいのさ。コネがあって、王都やら本土で暮らせる相手を捜している。俺みたいなのは滑り止めにもならないわけだ」

ニックスだが、学園を卒業するとバルトファルト家を出て独立することになる。

ゾラの息子で長男の【ルトアート】が、バルトファルト男爵家を継ぐからだ。

跡取りの控えであるニックスは、ルトアートが男爵になればお払い箱となり家を追い出される。

そんな立場のニックスだから、結婚は難しいらしい。

ニックスも大変だな。

俺も何か手伝えたらいいのだが——自分のことで手一杯の俺には無理である。

そもそも、俺の方が婚活を助けて欲しいくらいだ。

気の重い話を強引に切り上げたいのか、ニックスが別の話題を振ってくる。

「リオンたちは学園にいつ帰るんだ？　前日か二日前くらいか？」

本当なら始業式当日に戻りたいが、色々と準備もあるため前日には学園の寮へ戻らなければならない。

また、天候次第では飛行船が出せないため、余裕を持って学園に向かうのが当然になっている。

前日や二日前など、感覚的に言えばギリギリだ。

「その予定だけど、もう休みも終わりか。——婚活生活に戻りたくないな」

「それを言うなよ」

また、学園で婚活が待っていると思うと気分が重くなる。

それは次兄も同じだったようだ。

二人して溜息を吐き、困った顔をしているのがおかしくて苦笑してしまった。

「俺は今年で卒業だ。このまま未婚なら、誰かの後夫にでもなるかもしれないな」

苦笑しながら言うニックスに、俺は同情を禁じ得ない。

後夫——前世で言うなら後妻のような立場であり、夫を失った女性と結婚することになる。

その場合、相手の年齢は上になることがほとんどだ。

十歳差なら良い方で、二十歳以上の歳の差だってあり得る。

「まだ諦めるなよ、兄貴。俺も何か手伝えることがあれば、手を貸すからさ」

同情して手を貸すと言ったのに、ニックスの方は嫌そうな顔をしている。

「おい、止《や》めろ。可哀想なものを見るような目を向けるな。弟に同情されると泣きたくなってくる」

本当に、どうしてこの世界は男に厳しいのだろうか？

いや、モブに厳しい、かな？

男ならば、あの乙女ゲーの攻略対象である貴公子たちだっている。

今頃は、主人公である【オリヴィア】と楽しい夏期休暇を過ごしている頃だろう。

実に羨ましい。

◇

学園に戻るまであと数日となった頃。

俺とマリエは、バルトファルト領の近くにある浮島に来ていた。

ルクシオンに見つけさせ、運ばせた浮島だ。

将来的に俺の領地となる場所なのだが、今は入植者が一人もいない無人島である。

しかし、ルクシオンが用意したロボットたちが、昼夜を問わず整備を進めているおかげですぐにでも住める環境が整っている。

そんな俺の浮島には、こぢんまりとした家が存在した。

丸太を重ねたようなログハウスだ。

俺の秘密基地とも言える隠れ家だったが、同じく前世を持つ者ならばいいだろうと招いたのがマリエである。

マリエを招いて何をしているかというと――。

「今日の飯は川魚の塩焼きだ」

「きゃぁぁぁ!!　漬物もあるぅぅぅ!!」

――時々、二人で隠れ家に来ては懐かしい前世の味を楽しんでいた。

白米にお吸い物、そして川魚の塩焼きと浅漬け。

何てことはない食事に思えるかもしれないが、異国――というか異世界で、前世の味を楽しむのは非常に大変だ。

俺一人では実現できなかった。

ただ、相棒のルクシオンだが、こいつの本来の役割は移民船だった。

旧人類を乗せて宇宙へと脱出し、新天地を求め――新しい惑星で旧人類たちが暮らせるように手伝いをする機能が備わっているらしい。

白米やらお吸い物が用意できたのも、ルクシオンの手伝いがあればこそ。

しかし、マリエはメニューに物足りなさを感じているらしい。

「でも、大根おろしと醤油が欲しいわね。それに、お吸い物ばかりで飽きたから、お味噌汁が飲みたいわ。やっぱり、日本人はお味噌汁よね」

俺は何度も深く頷く。

「わかる。だけど、味噌も醤油も発酵食品だからな。用意するのに時間がかかるのさ」

マリエは俺の説明を聞いて、ルクシオンに視線を向けた。

「ルクシオンも、口で言う程に凄くないわよね。あんた、本当にチート課金アイテムなの？　味噌とか醤油くらい保存しておきなさいよ」

マリエの無茶ぶりには、ルクシオンも抗議する。

『――そもそも、お二人が自然に用意された食品がいいと言ったのですけどね。同じ食感と味を再現した代用食品ならば、すぐにご用意しますと何度も申し上げましたが？』

何でも用意できるルクシオンは、味噌汁くらい簡単に用意できてしまう。

だが、それは味噌汁的な何かだ。

全てが同じようで、根本的には別の何かである。

俺はルクシオンの提案を拒否する。

「俺は天然物がいい」

「私も」

俺たちは「いただきます」と言ってから、ルクシオンの返事を聞かずに食事に手を付ける。

焼き魚の焼き加減が良く、身がほろほろとほどける。

魚料理はホルファート王国にもあるが、微妙な違いがある。

だが、目の前にあるのは日本食と言って間違いない品だ。

ルクシオンが俺たちの様子を見て、呆れているのかその場で時計回りに一回転する。

『――文句を言う割には、よく食べていますね』

マリエが幸せそうな顔で食事をしながら、ルクシオンに言う。

「あ～、懐かしい味はいいわね。ソウルフードっていうのを本当の意味で理解したわ」

転生した俺たちにしてみれば、本当の意味でソウルフードなのは間違いないだろう。

「あと二年もすれば、ルクシオンが味噌も醤油も用意するってさ」

俺が今後の予定を話すと、マリエが期待から瞳を輝かせていた。

随分といい笑顔をしている。

「二年後ね！　絶対に私を誘いなさいよ。あ～、いつか鮭みたいな魚を見つけて、焼き鮭でお椀いっぱいの白米を食べたいわ」

マリエの話を聞いて、俺は前世の妹の顔が思い浮かぶ。

そういえば、あいつも鮭が好きだったな、と。

マリエは二年後の未来を妄想していた。

「醤油があるなら、バター醤油もいいわね」

満面の笑みを見せるマリエを見て、醤油と味噌の話でここまで幸せになれる女性も珍しいと思えた。

一瞬、マリエが俺の妹と重なって見えた気がしたが——気のせいだろう。

ルクシオンが俺たちに今後の話を振ってくる。

『そこまで待ち望まれているなら、優先度を上げて用意しましょう。それよりも、そろそろ二学期が始まりますね』

俺とマリエは、食事に集中しており気のない返事を返す。

「そうだな」

「そうね」

俺たち二人の様子に、ルクシオンは間を開けてから言う。

『——この世界がお二人の言う〝あの乙女ゲーの世界〟というなら、今後に大きな問題が発生するのでしょう？　二学期に何か対策をしなくともよろしいのですか？』

ここが、あの乙女ゲーの世界だというのをルクシオンは疑っている。

疑ってはいるが、俺の予想が当たっているのも事実だ。

そのため、今後の対策はどうするのか尋ねたいのだろう。

ただ、俺の方針は決まっていた。

「ストーリーに関わるつもりもない。そもそも、オリヴィアさんは殿下たちと仲良くしているだろ？　無理に関わって話をややこしくしたくない」

マリエも同様だが、何だか気になることでもあるのか表情が冴えない。

「私も関わると面倒だからパスね。でも、オリヴィアの件はちょっと気になるのよね」

「――こっちに来る前に、何だか雰囲気がおかしかったって話か？　たまたま、嫌なことでもあっただけだろ？」

マリエは俺の実家に来る前に、女子寮でオリヴィアさんと遭遇していた。

その際、随分と暗い顔をしていたそうだ。

「そうだといいけどね」

納得しない様子のマリエに、俺は心配ない理由を話す。

「殿下たち攻略対象がいるんだぞ。今頃は楽しい夏期休暇を満喫しているはずさ。確か、ゲームだと夏期休暇中に好感度を上げるイベントが多かったな」

前世でプレイしたあの乙女ゲーのイベントを思い出していると、マリエは頷きつつも気になったままらしい。

「楽しい夏休みを送っていたら問題ないけどね。いえ、問題があるわ」

「どうした？」

「――ちょっと妬《ねた》ましい」

本気の顔でオリヴィアさんが妬ましいと言うマリエに、俺は呆れ果てる。

「お前、まだ諦めきれないの？　攻略対象は恋愛対象じゃないって言っておきながら、未練たらたらじゃないか」

以前にマリエは、オリヴィアさんの立ち位置を奪おうと殿下たち攻略対象に近付いた。

その目論見は失敗に終わり、マリエ本人も諦めがついたと言っていた。

だが、この様子を見ると吹っ切れていないらしい。

マリエは俺に強く否定してくる。

「殿下たちのことを言っているなら違うからね！　私は、楽しい夏休みを送っているオリヴィアが妬ましいの！　ショッピングに旅行、バカンスを楽しみまくりって聞いて許せるの!?　しかもお金持ちで優しいイケメンと一緒なのよ!!　青春を謳歌しまくりじゃない。こんなの、嫉妬せずにいられる!?」

――オリヴィアさんがバカンスをエンジョイしているのが許せない、と。

自分が手に入れられなかった幸せを掴んだオリヴィアさんに、嫉妬しているだけらしい。

「俺はどうでもいいや。あと、夏休みじゃなくて夏期休暇だから」

「本当につまらないし、細かいことを気にする男ね」

バカンスを楽しもうとしない俺に、マリエは自分の気持ちが理解されないと思ったのかそっぽを向いてしまう。

俺はマリエに言う。

「オリヴィアさんが楽しい夏期休暇を過ごしてくれれば、それだけ平和な世界に近付くんだ。俺たちは、黙って遠くから応援していればいいんだよ」

「――わかっているわよ」

マリエはやや不満そうにしていたが、俺からすればどうでもいい話だった。

# 第02話「オフリー伯爵家」

リオンたちが、バルトファルト領で楽しく過ごしている頃。

学園の女子寮では、部屋の中でオリヴィアがベッドに膝を抱えて座っていた。

カーテンを閉め切り、外は日も高いというのに部屋の中は暗い。

頭から毛布をかぶっているオリヴィアは震えている。

部屋の中は随分と荒らされていた。

学園に残った女子生徒たちが、オリヴィアが不在時に荒らしていったためである。

何度掃除をしても、オリヴィアが部屋を出ると荒らしに来る。

部屋の鍵はかけているはずなのに、マスターキーでも使用しているのか侵入してくるのだ。

何度か教員や寮の管理人に話をしたが、平民出身という特殊な立場から真面目に話を聞いてもらえない。

こうなってしまった原因だが、オリヴィアの出自にある。

本来学園とは、貴族の子弟を教育し、育てる場所であった。

だが、そんな場所に平民のオリヴィアが特待生として入学を許され、貴族の子弟である自分たちと一緒に学ぶ――これを受け入れられないのは、生徒たちばかりではない。

一部の教員たちも、オリヴィアを邪険に扱っていた。

表だって何かするわけではないが、生徒たちが行うオリヴィアへの嫌がらせを見逃している節がある。

オリヴィアは暗く、荒らされた部屋で自分に声をかける。

「大丈夫――私はまだ大丈夫だから――」

独り言を呟くオリヴィアは、目の下に隈ができていた。

手には故郷から届いた手紙が握られている。

「家族も応援しとってくれるから――えらい頑張らんけんっち――こぎゃん事で挫《くじ》けとったら、皆に申し訳なか」

故郷からの手紙を見ていると、涙が出て方言が出てしまう。

今はこの手紙だけが、オリヴィアにとって心の支えになっている。

本当は故郷に戻りたかった。

戻れない理由だが、単純にオリヴィアにはお金がない。

飛行船に乗って故郷に戻るには、相応の金額が必要になってくる。

平民出身のオリヴィアには、簡単に出せるような金額ではなかった。

特待生として迎えられ、学園でかかる費用は負担せずに済んでいる。

けれど、故郷に帰る費用まで学園に面倒を見てもらえない。

夏期休暇を学園で過ごしているのは、そんな理由からだった。

オリヴィアも故郷にしばらく戻れないことは覚悟していたし、問題ではない。

問題なのは、この状況である。

――本来ならば、この夏期休暇を利用して少しでも周囲の生徒たちについていけるように勉強漬けの毎日を過ごす予定だった。

しかし、現実はどこまでもオリヴィアに非情だった。

涙を拭ったオリヴィアは、部屋を片付けて勉強をしようと思ってベッドを出て立ち上がる。

すると、ドアがノックされた。

コンコン！　やや乱暴に叩かれたノック音に、ビクリと体を震わせる。

「ひっ」

悲鳴が出かかったので口を手で押さえると、ドアの向こうから職員が声をかけてくる。

その声は僅かに忌々しそうに聞こえてくる。

『――オリヴィアさん、王太子殿下が学生寮の前でお待ちです。すぐに支度をしてください』

それだけ言って、職員は不機嫌そうに大きな足音を立てて去って行く。

王太子【ユリウス・ラファ・ホルファート】が、平民であるオリヴィアに構うのが教員からしても我慢ならないのだろう。

オリヴィアは先程泣き止んだばかりなのに、また涙が出てくる。

「どうして放っておいてくれないの。どうして――」

夏期休暇を学園で過ごすオリヴィアのもとには、ユリウスをはじめとした貴公子たちが頻繁に通ってくる。

だが、その行動がオリヴィアを苦しめていた。

足繁く通う彼らを見て、女子生徒たちは余計に不満を募らせていく。

オリヴィアにとっても問題だ。

何しろ、五人が頻繁に遊びに誘いに来るため、オリヴィアは勉強できる時間が確保できずにいた。

日が昇っている内は、学園に女子生徒が少なく、オリヴィアにとっては集中して勉強できる貴重な時間である。

夕方以降になれば、女子生徒たちが学園に戻ってくる。

そうなると、オリヴィアの部屋のドアを叩き、外に出ても絡んでくるため勉強が出来ない。

――貴重な勉強時間が、五人に奪われていく。

「私はもっと勉強したいのに」

本心では誘いを断りたかった。

だが、オリヴィアの立場では、ユリウスからの誘いは断れない。

出会った時は乱暴な振る舞いをしたが、今はユリウスが王太子であると知っている。

平民の立場では、王太子からの誘いを断れない。

それは他の貴公子たちも同じだ。

オリヴィアから見れば、全員が貴公子――雲の上の存在である。

彼らが自分に優しいのにはオリヴィアも気付いている。

だからといって五人と仲良くすると、今度は学園の女子たちからは恨まれる。

オリヴィアは夏期休暇中に、悪循環に陥っていた。

「どうしたらいいのよ。どうしたら」

素直に迷惑と言えればいいが、そんな事を言ってしまえばオリヴィアの居場所がなくなってしまう。

相手は王太子ユリウス殿下――この国の次期王だ。

自分だけではなく、故郷にいる家族がどんな目に遭うかわからない。

オリヴィアは立ち上がって涙を拭いながら支度を調える。

ユリウスに会った際、泣いている姿を見られると心配されてしまう。

そこで女子生徒たちから嫌がらせを受けている、などと言えればまだ良かった。

だが、言えない理由がある。

オリヴィアが部屋を出ると、外では女子生徒が二人待ち構えていた。

その後ろには、体格の良い獣人の専属使用人たちもいる。

オリヴィアが驚いて目をむくと、その姿が滑稽に見えたのか女子二人がニヤニヤと笑っていた。

「平民の女は媚びるのが上手で羨ましいわ」

「どうやってユリウス殿下に気に入られたのかしらね？」

俯いて何も言えないオリヴィアに、一人の女子が近付いてきて耳元で囁く。

「アンタの故郷、王国でも外れの方にある浮島らしいじゃない。何もない田舎だそうね？」

「え？　あ、あの？」

「調べたのよ。ほら、ちゃんと私たちがアンタの故郷を知っている、って教えた方がいいと思ってさ」

どうして目の前の人物が自分の故郷について知っているのだろうか？

そんな風に考えていると、もう一人の女子が言う。

「前にも釘を刺したけど、私たちのことを殿下たちに告げ口しないでよね。でないと――アンタの故郷を地図から消してもいいのよ」

その言葉の意味を理解し、想像したオリヴィアは俯いてしまう。

震えながら頷くオリヴィアを見て、女子二人は笑いながら専属使用人たちを連れて去って行く。

平民にとって貴族とは――武力を持つ存在だ。

特にホルファート王国やこの世界では、貴族は大砲を積んだ飛行戦艦を持ち、そして鎧という戦争の道具も所持している。

平民たちが農具や猟銃を持って立ち向かったところで、敵うような相手ではない。

貴族とは絶対的な支配者である――と学園に来てオリヴィアは学んだ。

田舎には貴族といっても代官が派遣されるだけだった。

その代官たちも何年かすれば入れ替わってしまう。

田舎にいる時はそこまで意識しなかったが、学園に来て――王都に来て、軍事力の凄さを見た今のオリヴィアには、貴族とはより怖い存在に思えた。

「私が我慢しないと、故郷のみんなが――殺されちゃう」

スカートの裾を握りしめ、必死に泣き止もうとするオリヴィアだった。

◇

夏期休暇の終わりが近付く中。

学園では普通クラスに所属している【カーラ・フォウ・ウェイン】は、実家に戻らずオフリー家の領地で夏期休暇を過ごしていた。

紺色の長い髪が特徴であるカーラは、フリルのついたシャツにロングスカートという恰好をしている。

派手になりすぎず、かといって貧相な恰好も許されない。

寄親《よりおや》であるオフリー伯爵家令嬢【ステファニー・フォウ・オフリー】の取り巻きとして、恥ずかしくない恰好をするよう言いつけられているからだ。

豪奢な造りをした屋敷の廊下を二人で歩いていた。

ステファニーの方は、カーラの前を歩いている。

朝から随分と機嫌が悪い。

「朝食に糞兄貴が顔を出してくるとか最悪だわ。普段は昼間に起きてくる癖に、今日に限って顔を出すなんて嫌がらせかしら？」

ステファニーには跡取りである兄が存在していた。

ただ、兄妹の関係は最悪である。

妹であるステファニーの方が、兄である【リッキー・フォウ・オフリー】を嫌っていた。

年齢は三十歳過ぎ。

マッシュルームカットの髪型で、随分とふくよかな体型をしている。

ステファニーと歳が離れている理由は、リッキーが前妻の子で、ステファニーが後妻の子になるためだ。

母親が違うというのも、兄妹仲の悪さの原因である。

だが、一番はリッキーの人となりだ。

強者を前にしては大人しくなるが、弱者――特に貧乏人を相手にすると見下し、馬鹿にしてくる。

弱い者いじめを好み、学園に在学中は色々と問題を起こしていたらしい。

そんな問題児ではあるが、数々の問題をお金の力でもみ消していたそうだ。

オマケに学園卒業後は、屋敷にこもってろくに働かないのでブクブクと太るだけ。

見た目も中身も最悪なのがリッキーだった。

カーラから見ても唾棄すべき人物であるが、寄親の跡取りとなれば苦笑しながら言葉を選んでステファニーに同意するしかない。

「リッキー様にも困ったものですね」

(中身の酷さはあんたも同じだけどね)

心の中で毒づいた理由だが、ステファニーもリッキーに劣らずの外道である。

一学期、空賊たちを使ってマリエを学園から追い出そうとしたのはステファニーだ。

その記憶もあり、カーラはステファニーが恐ろしかった。

逆らえないため、実家にも戻れず素直に従っている。

(それにしても、どうして私一人が夏期休暇もずっと帰してもらえないのかしら？　他の子たちは実家に戻っているのに不公平でしょ)

何だかんだと理由を付けては、ステファニーはカーラを側に置いていた。

実家の両親は「お嬢様に娘が気に入られたようだ」とのんきに手紙で喜んでいた。

カーラの思いも知らずに、ステファニーは口汚く兄を罵《ののし》っている。

「いっそ死んで欲しいくらいだわ。あいつの代わりなんて、お父様ならすぐに用意できるでしょうかられ」

オフリー家の家族構成だが、両親と兄妹の四人家族である。

ステファニーは、言外に「当主には跡取り以外に隠し子の男子がいる」と言っているようなものだった。

カーラは冷や汗が流れてくる。

(私の前でそんな秘密をペラペラ喋らないでよ！)

実家に戻って気が緩んでいるのか、ステファニーはカーラの前で秘密を口にすることが増えていた。

――その意味を、カーラは深く考えていなかった。

余裕がなかったというのも理由だが、ステファニー個人に対して興味が薄かったのも理由の一つだろう。

ステファニーが苛立っている。

「三十過ぎて結婚も出来ずに、屋敷でのうのうと暮らしているとか恥ずかしいったらないわ。オフリー家の面汚しよ。カーラ、あんたもそう思うでしょ？」

同意を求められたカーラだが、取り巻きの立場ではそこまで踏み込んだ発言をしたくない。やんわり流そうとするが、ステファニーの顔を見て態度を急変させる。

「いや、そこまでは――い、いえ、思います！」

「そうよね。私にとっても恥ずかしくて、家族だって言われるだけで腹が立つわ。いっそ、さっさと結婚でもしてくれればいいのにさ」

ステファニーの意見はもっともだが、オフリー家には特別な事情がある。

リッキー本人の人柄も原因で結婚できていないのだが、最大の理由はオフリー家が成り上がりの家だからだ。

落ちぶれたオフリー家に商人が目を付け、ほとんど乗っ取るように手に入れたのが現在のオフリー家である。

王国貴族たちが嫌悪する手段で成り上がった無粋な家、というわけだ。

そんなオフリー家と、進んで縁を結ぼうとする貴族は存在しない。

だが、それを指摘できるほどカーラの立場は強くない。

「リッキー様が、せめてもう少しまともであって下されば結婚も可能だったんでしょうけどね」

本人に問題あり、としてこの問題を片付けたかった。

だが、ステファニーは違ったようだ。

「うちの事情もあって簡単には結婚できないからね。でも、あいつがもう少しまともだったら、とは何度も思ったわ。一緒にいるだけで恥ずかしくなるし」

苛立って親指の爪を噛むステファニーを見て、カーラはそっと顔を背ける。

(だから、そういう話を私にしないで！　反応に困るのよ！)

カーラが返答に困っていると、急にステファニーが何かを思い付いた顔をした。

意地の悪い笑みを浮かべ、カーラに意見を求めてくる。

「結婚――そういえば、金で簡単に転びそうな家があったわね？　あんたもいいと思わない？」

ステファニーが何を言いたいのか、カーラにはすぐに予想がついた。

何しろ、その簡単にお金に転びそうな家を調査したのは自分自身である。

「でも、あそこは莫大な借金を抱えていますよ」

察しの良いカーラの反応に、ステファニーは嬉しそうだ。

「いいのよ。あの糞兄貴が結婚するとなれば、お父様も肩の荷が下りるわ。借金は嫌がるでしょうけど、私が説得するわよ。――それに腐っても貴族よ。使い道なんていくらでもあるわ」

結婚後、一体何をするのか？　――ろくでもない事を考えているのは間違いない。

カーラは冷や汗をかきながら確認する。

「そうなると、リッキー様のお相手は――」

ステファニーが口角を上げて笑いながら言う。

「――当然あいつよ。糞兄貴にお似合いの相手でしょ。ついでに、バルトファルトにも仕返しできそうだし」

面倒なことになった、とカーラが思っていると話題の人物が歩いてくる。

カーラとステファニーを見るなり、近付いてきて見下してきた。

「ステファニー、今日も貧乏人のペットを連れ回しているのかな？　お友達ごっこは楽しいか？」

顔を背けていたステファニーが、キッとリッキーを睨み付ける。

「あんたには関係ないでしょ」

怒るステファニーを見て楽しんでいるのか、リッキーはからかうのを止めない。

「お〜怖い。そんな性格だと、いつまで経っても友達が出来ないぞ〜」

「五月蠅《うるさ》いわね、このろくでなしのゴミが！」

仲の悪い兄妹喧嘩を見せられているカーラは、早く終わって欲しいとステファニーの後ろで俯きながら時間が過ぎるのを待っていた。

# 第03話「二学期」

二学期が始まると、モブの生活も随分と慌ただしい。

学園のイベントだけでも、学園祭と修学旅行が予定されているからだ。

とりあえず、目の前にある学園祭が今回の課題である。

前世と違って、この世界の男子の立場は弱い。

一般のモブ男子が気取って学園行事に不参加などすると「あいつはやる気がない」として、女子たちから白い目で見られてしまう。

それはつまり、婚活に不利になる事を意味している。

最低限、学園行事に参加して頑張っているとアピールするのが一番無難だ。

だから、俺も所属している貧乏男爵グループの男子たちと学園祭では出し物をするという方向で話が進んでいる。

今日も出し物の話をするために集まったのだが――何故か、俺以外のグループの男子たちが、一緒に参加を予定しているマリエに土下座をしていた。

全員が真剣だった。

「マリエ様、俺たちにチャンスを下さい！　もう一度合コンを――彼女たちとの合コンのセッティングをお願いいたします！」

恥も外聞も捨て、マリエに女子を紹介して欲しいと頼み込んでいる男子たち。

その中には、当然だが二年生や三年生の先輩たちも含まれている。

俺の友人である【ダニエル】や【レイモンド】の姿もあった。

全員の鬼気迫る雰囲気に、俺は頬を引きつらせる。

ついでに土下座をする友人たちを見てドン引きしたよ。

「お前ら――先輩たちまで何をしているんですか？」

呆れる俺に、全員が顔を上げると真顔だった。

その中で一番親しくしている糸目の【ルクル】先輩が、顔を上げた。

「一学期、リオン君たちに合コンをセッティングしてもらったよね？」

「まぁ、はい。それで、その後の発展は？」

「それが、合コンの時は喧嘩に夢中でね。仲良くなる暇がなかったんだ」

ルクル先輩が「てへぺろ」をするが、理由がちっとも可愛くない。

女子を取り合って喧嘩って何だよ？　喧嘩しないために、グループを作って情報共有しようって話だったただろうが。

マリエが合コンに呼んだ女子たちだが、俺たち貧乏グループからすると理想の女性たちだった。

一人目は物臭《ものぐさ》な女子で、二人目は読書が好きな引きこもり。

三人目は芸術家肌で、世間体を気にしない子だ。

前世なら問題児たちであるが、こっちの世界では理想の女子たちだ。

文化の違いを痛感させられるな。

他にも女子たちがいて、結局マリエを含めると七人もの女子が集まった。

そんな彼女たちを前に、俺たちのグループでは――争いが起きた。

誰が誰にアタックするか、で揉めたわけだ。

合コンそっちのけで喧嘩を始めてしまい、結果的に誰も次に繋げるような会話が出来なかったらしい。

ルクル先輩がマリエに頭を下げ、床に額を押しつけていた。

「ですから、どうかマリエ様にはもう一度だけ我々にチャンスをお与え頂きたいのです！」

椅子に座っているマリエは、土下座をする男子たちを前に呆れたようにため息を吐いている。

しかし、俺からはマリエの内心が透けて見えていた。

こいつ――男子に土下座されてちょっと気分が良くなっているらしい。

相変わらず性格の残念な奴だ。

「どうしようかな～？　また、いきなり喧嘩を始めて、場の空気を最悪にされても困るんだけどな～？」

調子に乗っているマリエの言葉に、ルクル先輩が頭を下げたまま答える。

「次はそのような失敗は致しません！　事前に決闘で白黒付けます！」

「お、おう、そうなの？」

決闘という物騒な単語が飛び出し、マリエはちょっと驚いていた。

咳払いをして調子を取り戻してから、マリエは男子たちを相手に交渉を開始した。

「まぁ、別に良いわよ。けど――タダで、なんて言わないわよね？」

椅子に座ったマリエは、腕と脚を組み、余裕の笑みを浮かべている。

こいつに謙虚という言葉を教えてやりたい。

だが、ルクル先輩も見返りの要求は予想していたらしい。

「もちろんです。僕たちに出来ることなら何でもします。ですから――女子を――素晴らしい女子の皆さんを紹介してください！」

「どうしようかな～」

俺たちのような貧乏男爵家の跡取りたちにとっては、マリエが紹介してくれる女子というのは女神様たちだ。

いや、言い過ぎか？　とにかく相手としては最高であるのは間違いない。

それこそ、決闘をしてでもお付き合いをお願いしたい女子たちである。

たとえ、引きこもって授業やら学園の行事に顔を出さなくても問題にならない。

面倒くさいという理由で、ダラダラ過ごしたっていい。

趣味以外に全く興味がなく、人の名前すら覚えなくてもいい。

その程度は、普通の女子が酷すぎるので個性で済まされる。

そんな問題のある――いや、個性的な女子たちと親しいマリエは、その仲介料を男子たちに求める。

自らの当然の権利であるかのように。

「そ、れ、な、ら。食堂のプリンを毎日用意してもらおうかしら。昼食に毎日プリンを食べたいの」

マリエの要求に、男子たちが一斉に顔を上げた。

「え!?」

学生食堂のプリンだが、学園は貴族たちの学び舎だ。

当然ながら、食堂で売られているプリンもとても豪華である。

現代日本で言うなら、一個千円もする人気スイーツだ。

ちなみに、食堂は基本的に無料で利用できるが、メニューの変更やサイドメニューの追加は別途料金がかかる。

俺は昼食のデザートを強請《たか》るマリエに呆れてしまう。

「仲介するだけで学食のプリンって。しかも毎日って酷いな」

流石《さすが》にマリエも俺の言葉で気が引けたのか、申し訳なさそうな態度になる。

「だ、だって、食べたいんだもん。わかった。わかりましたよ!　それなら、週に三回でいいわ」

それを聞いた男子が驚いて目を見開く。

「しゅ、週に三回!?」

男子たちの驚きに、マリエは慌てて譲歩する。

週に三回は強請りすぎたと思ったらしい。

「それなら週に一回で」

PiYo!!
プリ
ン♥
GOLD
GOLD

マリエの要求を前に、困惑している男子たちが円陣を組んで相談し始める。

「おい、要求がどんどん下がってくるんだが!?　これは本当にプリンを用意する話なのか!?」

「馬鹿。きっと何かの隠語だ。でないと——報酬が安すぎる」

「きっとそうだよ。そういえば、何かの本で札束を板チョコに例える話があったはずだ」

「プリンの場合はどうなるんだよ?」

「僕だって知らないよ！　——だけど、きっととんでもない要求なのは間違いないはずだ。何しろ、あんなに素敵な女子たちを紹介してくれるんだから」

男子たちの話を聞いていると、マリエが提示した報酬が少なすぎて疑念を抱いたようだ。

たとえるなら——ブランド物の高級なバッグやら服を求められると思っていたところに、コンビニのプリンを差し出せと言われた感覚だろうか?

対価が安すぎて、逆に不安になったようだ。

男子たちが、普段から女子にどれだけ貢いでいるのかがよく理解できる一幕だな。

——俺も含めて貧乏男子のグループは何だか悲しい生き物に見えてきた。

ルクル先輩がマリエを振り返ると、ぎこちない笑みを浮かべていた。

自分たちで解決しないのなら、恥を忍んで聞いてしまおうと考えたらしい。

「マリエ様、無知で申し訳ないのですが、プリンとは何の隠語でしょうか?　具体的に説明して頂けると助かります」

その問いに、マリエは一瞬表情が消えてから——徐々に怒りがこみ上げてきたのか、眉根を寄せて憤慨する。

「あんたたち、私が変な要求をすると思っているの？　隠語って何!?　そのままの意味に決まっているじゃない。毎日、食堂のプリンを用意しろって言っているのよ。他の意味があるわけないでしょうが！」

「え!!　ほ、本当にプリンだけでよろしいんですか!?」

男子たちが本気で驚く姿を見て、マリエは急に微妙な表情になる。

この世界の男子たちの感覚に、憐れみを覚えたらしい。

マリエの側で黙って様子を見ていた俺に、涙を流したダニエルとレイモンドが駆け寄ってくる。

「リオン、マリエさんは最高の女子だな！　お前が羨ましいぜ！」

「本当だよ。毎日プリンを用意するだけで、彼女たちとの場を用意してくれるなんてマリエさんは女神だよ！」

少し前まで「あの子には近付かない方がいい」とか言っておきながら、今では女神扱いだ。

何とも現金な奴らだが、俺はダニエルやレイモンドの気持ちも理解できる。

――が。

「言っておくが、俺とマリエはお前たちが思うような関係じゃないからな」

マリエとの関係を否定すると、ダニエルとレイモンドの二人が俺に疑惑の視線を向けていた。

どうして俺の周囲は揃いも揃って勘違いするのだろうか？

まるで外堀を埋められている気分だ。

◇

休憩時間になると、学園の廊下には生徒たちの姿が多く見られた。

夏期休暇が終わったばかりで、話題も多いのか友人同士で盛り上がっている。

その話題の中には下世話なものも含まれていた。

「夏期休暇に学園に残った奴らから聞いたんだけどさ」

一人の男子生徒が興奮した様子で、手に入れたばかりの話題を仲間内に話している。

「ユリウス殿下たち、夏期休暇の間も特待生を誘いに来たって！」

自分たちが学園にいない間にも、ユリウスたちの周囲では動きがあったと聞いた男子生徒たちはそれぞれが興味を抱く。

「そんなに平民の特待生がいいのか？」

「それより、アンジェリカはどうしているんだよ？　婚約者だろ？」

「学期末のパーティーで散々だったからな。――もしかして、愛想を尽かされたんじゃないか？」

気になる話題とあって、男子たちは話に夢中になり過ぎていた。

だから、近くに関係者がいることを見逃してしまった。

「――私の名が聞こえた気がするが、何か用があるならこの場で話を聞こうじゃないか」

いつの間にか周囲は静かになっており、廊下に緊張感が漂う。

盛り上がっていた男子たちが、自分たちの会話に割り込む女子に視線を向けると、全員の顔から血の気が引いてしまった。

「え、あ、あのそれは――」

話題を提供した男子が、震えながら言い訳をしようとする。

振り返った先には、女子の一団がいた。

一人の女子生徒と、その取り巻きの女子たちだ。

そんな彼の前に歩み出るのは【アンジェリカ・ラファ・レッドグレイブ】だった。

金髪を編み込んでまとめた髪型に、鋭い目つき。

意志の強い赤い瞳を前に、男子はガタガタと震え上がっている。

先程までの強気な態度はどこにもない。

アンジェリカは大きな胸の下で腕を組むと、男子に冷たい視線を向ける。

「どうした？　愛想がどうとか聞こえた気がするが？　早く続きを話したらいい」

「う、うぁ」

男子が一歩あとずさると、仲間たちが我先にと逃げ出していく。

見捨てられたと思った男子が、アンジェリカに背中を向けて逃げ出そうとする。

すると、一人の女子が男子の襟首を掴んで逃がさないようにする。

アンジェリカの取り巻きには、武術の心得がある女子生徒も複数いる。

学園で鍛えられている男子が呆気なく捕らわれたわけだが、反撃すれば今後の婚活に影響が出てしまうのだ。それを恐れて、手を出せないのが学園の男子である。

「逃げるんじゃないわよ。アンジェリカ様の質問に答えなさいよ。――早く」

「ご、ごめんなさい！　悪気はなかったんです！」

謝る男子は、アンジェリカの前に連れて来られると床に押さえつけられた。

その際、アンジェリカは男子の顔を冷たい目で見下ろしている。

「さっきまでの威勢はどうした？　私が誰に愛想を尽かされたのか、是非とも聞いておきたい。それから、噂の出所も聞かせろ。――教えてくれるよな？」

淡々とした冷たい声色に、男子は震えながら何度も頷いていた。

◇

茶会室。

男子が女子をお茶に招待する際に使用する部屋には、アンジェリカと二人の男子生徒の姿があった。

一人はユリウス。

もう一人は【ジルク・フィア・マーモリア】だ。

緑色のロングヘアーで、優しそうな雰囲気を出している男子生徒である。

高身長の美形で、実家は宮廷貴族の子爵家だ。

ユリウスとは幼い頃から一緒に育った乳兄弟である。

ユリウスにとっては、一番の家臣と言っても過言ではない。

そんなジルクが、アンジェリカのために紅茶を用意していた。

ついでに、アンジェリカに対しての小言も添えて。

「アンジェリカさんは少し落ち着いて下さい。夏期休暇を殿下がどのように過ごそうとも、アンジェリカさんには関係ありません」

紅茶を差し出されたアンジェリカは、ジルクに対して険しい視線を向ける。

「私は殿下の婚約者だぞ。殿下が他の女に熱を上げれば、私だって気にかかる」

（こいつも何を考えているのかよくわからない男だ。――それにしても、妙な臭いがする紅茶だな？）

出された紅茶に手を付けるのを止め、アンジェリカはテーブルを挟んで対面に座るユリウスを見据える。

ユリウスもジルクの用意した紅茶に手を出さず、口元を隠すように手を組んでいた。

「俺には息抜きも許されないと言うつもりか？　お前の父上のおかげで、俺の夏期休暇は忙しかったんだがな」

「父上も殿下のためを思っての行動です」

「どうだかな」

夏期休暇中、ユリウスは義父となる予定のアンジェリカの父【ヴィンス】により、何かと社交界へと連れ出された。

その理由だが、学園で変な噂が広がっているのを知り、アンジェリカのためにヴィンスが行動した結果である。

しかし、ユリウスにとっては迷惑だったらしい。

「お前の父上に何度も言われたよ。遊びも程々にしろ、と。――学園の話を外に持ち出すばかりか、父親を頼るのはどうかと思うぞ」

学園には暗黙のルールが存在する。

それは生徒の間で「教師や親にチクるのは恰好悪い」という程度の話だ。

実際は外の力――実家の権力を背景に好き勝手をしている生徒も多い。

だが、これを恰好悪いと思うのが、若者たちの感覚である。

ユリウスにとって、アンジェリカは無粋な振る舞いをした奴、という認識だった。

アンジェリカもそれに気付き、必死に言い訳をする。

「わ、私は事情を説明しただけです！」

ユリウスとの関係がうまくいっていない、という報告をした。

その結果、ヴィンスが二人の仲を取り持とうと動いたのだった。

だが、ユリウスにとっては同じ事らしい。

「オリヴィアの件にお前は関わるな。手出しをするのも許さない。それから、俺がどうしようと俺の勝手だ」

ユリウスが席を立つと、アンジェリカは俯いて膝の上で手を握りしめる。

◇

アンジェリカが部屋を出ると、自分の取り巻きたちが誰かと言い争いをしていた。

「ですから、アンジェリカ様は忙しいと言っているじゃないですか！」

「少しくらいのお喋りも許されないと？　ローズブレイド家も軽く見られたものですわね」

扇子で口元を隠した女子生徒は、長い金髪を縦ロールにしていた。

独特な雰囲気をまとった三年生であり、アンジェリカからすれば先輩になる。

そして、学園に入学する前からの知り合いでもある。

アンジェリカが取り巻きたちを下がらせる。

「ディアドリーか。私に何の用だ？」

相手の女子は【ディアドリー・フォウ・ローズブレイド】。

学年別で見れば、三年生の中で一番力を持っている貴族の娘である。

実際に三年生のまとめ役をしている。

そんなディアドリーが、アンジェリカに厳しい視線を向けていた。

「オフリー家のステファニーが、学園で随分と好き勝手に振る舞っているそうじゃないの。アンジェリカ、あの娘が手に余るようなら、わたくしが手を貸してあげてもよくってよ？」

上級生からの申し出に、アンジェリカは辟易《へきえき》といった顔をする。

これが単純に、協力の申し出ではないと知っているからだ。

「実家同士の争いを学園に持ち込むな。それから、一年生の問題は私が解決する。お前の手は借りる必要はない」

扇子を畳んで表情を見せるディアドリーだが、アンジェリカを前に薄ら笑っている。

「残念だわ。格の違いを見せつけてあげようと思いましたのに」

「ステファニー個人と因縁でもあるのか？」

「ありませんわね。そもそも、あの娘はわたくしを見ると逃げ出してしまいますもの。本当に意気地のない娘ですこと」

ローズブレイド家とオフリー家だが、両者は水と油のような関係だった。

ホルファート王国の貴族としての意地を大切にするローズブレイド伯爵家としては、商人からの成り上がりであるオフリー伯爵家は気に入らない。

両者の間には揉め事も多く、小競り合いの戦争なら数回は起きている。

実家同士が因縁のある相手だった。

アンジェリカは腰に手を当てて、ため息を吐く。

学園には幾つものルールが存在している。

敵同士が同じ学び舎で学べば問題も多く、時には実家同士の争いが原因で決闘を起こす生徒たちも少なくなかった。

だから、学園内に外の関係や争いを持ち込まないとするルールがあった。

それでも外との関係を切り離せていないのが現状であり、学園は非常に危ういバランスの中で運営されている。

アンジェリカが険しい表情をディアドリーに向ける。

「だったら私の手を煩《わずら》わせるな。騒ぎを起こせば、お前とて容赦はしないぞ」

威圧してくるアンジェリカを前に、ディアドリーは笑みを浮かべていた。

「いいわよ、アンジェリカ。あなたのその顔、いつ見てもゾクゾクするわ」

だが、相手も伯爵家の令嬢である。

しかも、武闘派と言われているローズブレイド家の娘であり、アンジェリカの威圧に怯むことはなかった。

ディアドリーが扇子を開いて口元を隠す。

「あの娘には気を付けておくのね。これは先輩としての忠告でしてよ」

「――何か知っているのか？」

アンジェリカの問いに、ディアドリーは目元だけを微笑ませてから背中を向けて去って行く。

黙っていた取り巻きたちが、アンジェリカに話しかけてくる。

「アンジェリカ様、どういたしましょう？」

指示を求めてくる取り巻きたちに、アンジェリカは放置しろと言う。

「何もしなくていい。ディアドリーも馬鹿な真似はしないだろうさ。むしろ、問題を起こしそうなのはステファニーの方だな」

ステファニーが軽率な行動をしないかが心配だった。

アンジェリカは、次から次に起きる問題にため息を吐く。

「まったく――どうしてこうも厄介事ばかり続くのか」

◇

教室。

学園祭の話を終えて戻ってくると、ダニエルとレイモンドが笑い合っている。

「まさかプリンを何かの隠語と間違うとは、俺たちも馬鹿だよな～」

ダニエルがそう言うと、レイモンドは人差し指でクイッと眼鏡の位置を正した。

「僕たちも必死すぎて、視野が狭くなっていたって事だよ。それにしても、今年の一年生はマリエさんと一緒だから運が良いよね。女子寮から出て来ない女子たちを紹介してくれるなんて、本当にありがたいよ」

女子寮からあまり出てこない問題児たち。

マリエがいなければ、俺たちは出会うこともなかっただろう。

俺たちにとって、マリエの存在は非常にありがたかった。

喜んでいる二人を前に、俺は愚痴をこぼす。

「俺にも紹介して欲しいのに、マリエの奴はその話をするとすぐに不機嫌になるんだよな」

ただ、これを言うと、周囲の反応が凄く微妙になる。

実際にダニエルとレイモンドが、俺に冷たい視線を向けていた。

お前ら、友達に向ける目じゃないぞ。

「前から思っていたけど、リオンは馬鹿なのか？」

「リオンは本気で反省した方がいいよね。反省しないなら、夜道で気を付けた方がいい」

みんながこいつらと同じ反応をする。

「本気で俺とマリエが付き合っていると思うのか？」

ダニエルはため息を吐くと呆れた顔をしていた。

「付き合っていない方がおかしいだろうが。マリエさんと一緒に夏期休暇をお前の実家で過ごしたんだろ？　もう、婚約したようなものじゃないか」

ダニエルの意見に深く同意するレイモンドが、腕を組んで何度も頷いている。

「正式に発表していないから、婚約一歩手前かな？　それでも、僕たちからすれば羨ましい限りだよ。まぁ、僕にはエリーちゃんって本命がいるから別にいいけどさ」

そんな事を言うレイモンドをダニエルが睨み付ける。

「おい、レイモンド。エリーちゃんを狙っているのか？　エリーちゃんは俺も狙っていると知っていたはずだよな？」

急に二人の間に剣呑な雰囲気が流れ始める。

「ダニエル――恋愛を前に友情は無価値さ。重要なのは、エリーちゃんが誰を選ぶか、そうだろ？」

挑発するレイモンドの胸倉を、ダニエルが両手で掴んで持ち上げる。

「お前も俺のエリーちゃん狙いかぁぁぁ！」

「本好きで引きこもりのエリーちゃんは、ダニエルよりも僕の方が相応しいのさ！」

女子を巡って友情が崩れる瞬間を目にした。

まったく、騒がしい連中である。

俺が呆れて二人の様子を見ていると、教室にマリエがやって来た。

その手にはチラシが握られていた。

「聞いて、聞いて！　学園祭だけど、三日目には競技大会があるの！　そこで上位に入ると、賞金が出るんだって！」

瞳をこれでもかと輝かせたマリエは、嬉しそうなのが見ているだけで伝わってくる。

賞金に目がくらんでいるけどね。

本当に欲望に忠実な奴だよ。

「え？　お前が出場するのか？」

尋ねると、マリエは首を横に振る。

「女子は駄目よ。家柄とか力関係で選手が決まっているもの。そもそも、女子が参加する競技が少ないし」

文化祭の三日目に行われる競技大会だが、メインは男子たちだ。

メインの理由？　まぁ、激しい競技が多いので自然と男子が多くなるのだが——一番の理由は婚活のためだろう。

競技大会だが、男子たちにとっては活躍の場でもある。

女子へ自分を売り込める貴重な機会だ。

あの乙女ゲーでは、攻略対象の男子たちが活躍するイベントでもあった。

主人公様も活躍したかな？　ステータス次第で活躍したはずだが、この世界ではどうなるか予想できないし、俺は関わる気がない。

マリエは一枚のチラシを俺の前で広げて見せる。

「それでさ、リオンはこれに出場してみない？」

マリエが見せてきたチラシには、エアバイクレースの競技について書かれていた。

学園祭でも一番盛り上がる競技である。

「エアバイクレース？　これは無理だな」

「何で!?　このレースの賞金って凄いのよ！　少しはやる気を見せてよ！」

やる気でどうにかなる問題ではない。

「エアバイクレースは人気があるから、出場枠も男子の間で奪い合いなの。女子でも家柄とか色々とあるように、俺たちだって普段の成績以外に色々とあるんだよ」

前世の学校に存在したスクールカーストではなく、こっちは本物の階級制度が存在している国だぞ。

カーストとは階級制であり、貴族たちには明確な階級が存在する。

出場選手を決める際には、本人の実力も加味されるが実家の地位が影響しているのは間違いないだろう。

実力だけあっても駄目だ。

マリエが俺に耳打ちしてきた。

「ほら、ルクシオンを使えば出場して優勝も可能でしょう？」

「――お前、あいつのことを理解していないな」

あいつならきっと『お金？　――いくらでも用意できますが、何か？』とでも言ってくるはずだ。

そう思っていると、俺たち二人だけに聞こえるようにルクシオンが答えてくる。

『条件を確認しました。競技大会に参加、そして優勝ですね？　では、今から有力選手たちには体調不良になって頂き、当日の参加選手たちは不幸な事故に遭って頂きましょう。そうすれば、マスターの優勝も可能になります』

俺の想像を超えていた。

というか、不幸な事故って何だよ!?

マリエもルクシオンに頼るのは危険と思ったのか、チラシを見て肩を落とす。

「せっかく稼げると思っていたのに」

「何で俺に出場させて、お前まで分け前をもらうつもりなの？　馬鹿なの？」

「出場するならサポートくらいするわよ！　それよりもお願いよ。今月もピンチだから、私に協力してよ」

「は？　俺が小遣いを渡しただろうが」

あまりにも不憫だったので、二学期が始まる前にお小遣いを渡している。

しかも結構な金額で、すぐに使いきれるとは思えなかった。

マリエが両手を握って言い難《にく》そうにしながらも、俺に事情を話す。

「いざという時を考えると、お金はもっと欲しいのよ。それに、学園にいる間はいいわよ。けど、卒業したらどうなると思う？　借金取りたちが押し寄せてくるんだからね」

「嘘だろ？」

ルクシオンが現状を分析していた。

『マリエの実家は多額の借金をしていますからね。借金取りたちも、取り立てが可能なマリエからの返済を期待するはずです』

俺は酷い話など断ればいいと安易に考えていた。

「マリエ個人の借金じゃないだろうに」

『いえ、一部はマリエの名義が使われている可能性があります。知らない内に、連帯保証人にされている可能性もありますね』

マリエが連帯保証人という言葉を聞いて青ざめている。

「駄目――連帯保証人だけは――絶対に駄目――」

マリエの現状が酷すぎて言葉が出てこない。

連帯保証人という言葉にマリエが泣き出したので、様子を見ていたダニエルとレイモンドが俺を睨んでくる。

俺が泣かせたと勘違いしているのだろう。

慌ててマリエを慰める。

「とにかく泣き止めよ。そうだ！　競技大会では賭け事もしているから、俺が大儲けしてやるよ」

普通に聞いたら馬鹿な台詞だろうが、俺にはルクシオンがいるから簡単に賭けに勝てる。

だが、マリエは強い意志で拒否してきた。

泣き顔が一変して真顔になっている。

「それは駄目」

「え？」

「私は賭け事が大嫌いなの！　あんたも絶対にしないでよね」

「お、おぅ」

――人生なんてギャンブルと同じだと思うのだが、それを言っても意味がないので俺は黙っておくことにした。

マリエは両手で頭を押さえて唸っていた。

「こうなれば学園祭で真っ当に稼いでやるわ！　売れる商品を考えないと」

実にたくましい奴である。

# 第04話「楽しい学園祭」

学園祭の開催期間は三日間だ。

初日、二日目は文化祭のように生徒たちが出し物をする。

そして、三日目は体育祭のような競技大会が開かれる。

この内、初日と二日目は学園外からお客さんを招いて開催される。

三日目だけは招待された客だけが競技大会を見物できる。

言ってしまえば、文化祭と体育祭を同時に開催しているようなものだ。

クラス単位で出し物をせず、グループを作っての参加となる。

学園生活を孤独に過ごしている場合、とても厳しい行事になってしまうだろう。

俺の場合、ダニエルとレイモンド――そして、マリエを加えた四人で屋台をやることになった。

今日は学園祭を間近に控え、屋台を出店する場所に来ていた。

設営やら道具の設置と色々と忙しい中、俺は愚痴をこぼす。

「本当なら喫茶店をやりたかったのに」

一緒に準備をしているマリエは、俺を見て呆れていた。

「喫茶店は出店数が多いから、他で勝負するって決めたじゃない。あの二人だって真面目に買い出しをしているんだから、リオンも働きなさいよ」

ダニエルとレイモンドだが、マリエからのポイントを稼ごうと必死だ。

何を言ってもマリエに賛成するし、雑用を言いつけられると喜んで実行する。

おかげで、俺が喫茶店を出したいと言ったのにマリエの意見を尊重しやがった。

この場には俺とマリエだけなので、ルクシオンがうっすらと姿を見せている。

『マスターも諦めが悪いですね。そもそも、利益を無視して個人的な欲望を満たすために喫茶店をやりたいだけでしょうに』

図星を突かれてしまった。

俺からすれば、喫茶店を開きたいのは個人的な理由だ。

別に赤字になっても構わない。

何しろ、今の俺はお金持ちだから。

マリエが半開きの目を俺に向けてくる。

「利益度外視とか最低じゃない。あんた、本気で稼ぐ気があるの？」

マリエの本気に俺はドン引きである。

「学園祭で生活費を稼ぐ方がおかしいだろうが――あれ？」

準備を進めていると、俺は視界に一人の女子生徒を見かける。

邪魔にならないように、周囲を気にしながら歩いているのはオリヴィアさんだった。

分厚い本を抱きしめているのを見るに、図書室からの帰り道か？

周囲を気にしている姿は、何故か怯えているようにも見えた。

気になって様子を見ていると、マリエも手を止めてオリヴィアさんを見ているようだ。

「前よりも痩せたわね」

「そうなのか？」

オリヴィアさんが痩せたように見えると言われ、そうだっただろうか？　と首をかしげるとグレッグが駆け寄っていた。

「オリヴィア！　こんなところにいたのか？　なぁ、学園祭の出し物に参加しないなら、俺と飯を食いに行かないか？」

「え？　――あ、はい」

俺は一瞬――本当に僅かな瞬間に、オリヴィアさんが酷く辛そうな顔をしたのが見えた気がした。

だが、すぐにグレッグと一緒に歩き出してしまう。

グレッグに誘われて飯を食べに行くなら問題ないだろう。

「主人公様は順調に貴公子様たちを攻略中で何よりだ。さて、俺も仕事を終わらせるとしますかね」

俺が準備を再開すると、マリエの方が深刻な顔をしていたので心配になって声をかける。

「気になることでもあるのか？　まさか、また羨ましいとか言わないだろうな？」

「あんたは単純で良いわね」

「え？」

「周りを見なさいよ」

マリエに言われて周囲を観察すると、オリヴィアさんとグレッグが二人並んで歩く姿を多くの生徒たちが注視していた。

声も聞こえてくる。

「殿下に続いてセバーグ家の跡取りも夢中かよ」

「特待生は魔性か何かの化け物か？」

「どうしてあんな女が選ばれて、私は選ばれないのよ」

――随分と周囲の反感を買っているようだ。

俺は小さくため息を吐く。

「あの乙女ゲーなら、徐々に沈静化していくはずだけど――」

少し心配になる俺とは違い、マリエはゲームシナリオを疑っているようだ。

「そう簡単に収まればいいけどね」

根深そうな問題だけに、俺にも簡単に片付くようには見えなかった。

すると、ダニエルとレイモンドが買い出しを終えて戻ってきたので、俺たちはこの話題を切り上げた。

◇

学園祭当日。

「いらっしゃいませー!!　安いよ、安いよ！」

屋台の売り子をしているマリエが、声を張り上げて客引きをしていた。

俺たちの屋台ではドーナツを販売している。

普通のドーナツでは見向きもされないと考え、マリエの考案でカラフルなチョコスプレーをこれでもかと振りかけていた。

カップに入れて串を刺して食べられるように、ボールドーナツにしているのだが――俺は微妙な気持ちでドーナツを作り続けている。

「俺はこれを食べたいと思えないな」

ドーナツをあげている俺の隣では、ダニエルとレイモンドも忙しく働いていた。

ボールドーナツをカップにいれて、トッピングでデコレーションしている。

「お前もちゃんと働けよ」

「そうだよ。マリエさんの大事な生活費になるんだよ」

不憫なマリエのために頑張っているこいつらだが、女子生徒を紹介してもらいたいという下心もあるから素直に喜べない。

俺は黙々とドーナツを作り続けている。

幸いなことに、大量に余ることはない。

マリエがうまいこと客の興味を引いて、ドーナツを次々に売りさばいているからだ。

そのためにドーナツを作り続けなければならないけどな。

「マリエの奴は地味に凄いよな」

時には強引に、時には話術で、そして時には泣き落としで――あらゆる手段を使ってドーナツを売りまくっている姿には感心する。

呟いた俺に、隠れているルクシオンが話しかけてくる。

どうやっているのかは知らないが、俺の隣で忙しく働いているダニエルとレイモンドの二人にはルクシオンの声が聞こえていないようだ。

『マスターも見習うべきではありませんか？』

「俺は金持ちだから働きたくない」

『最低な発言ですね』

「俺はこんな最低な自分も嫌いじゃないけどね。むしろ、俺らしくて大好きだ」

俺は今の自分を認めているし、大好きだと言うのにルクシオンは無視する。

話題をドーナツへと切り替えてきた。

『それよりもドーナツを油から取り出してください』

「はい、はい」

ルクシオンの指示通りにドーナツを取り出すだけで、丁度いい出来上がりになる。

俺は言われた通りに手を動かすだけで良いので楽だった。

『――マスター、右から二番目のドーナツが商品の基準を満たしていません。ちゃんと分量を守ってください。そのままでは小さすぎます』

だが、こいつはいちいち口うるさい。

「お前は細かすぎるんだよ。休憩中にでも俺が食べるからそれでいいだろ」

ルクシオンと話をしていると、マリエの声が周囲によく響く。

「いらっしゃいませー!! カラフルなボールドーナツはいかがですか〜!!」

◇

休憩時間。

失敗したドーナツを持って、屋台から離れた俺は人気《ひとけ》の少ない場所にあるベンチに腰掛けた。

学園祭の出し物がない場所は、人通りが少なく落ち着けるので助かる。

俺はこの場所に、失敗作の処理と昼食を済ませるためにやって来た。

マリエも誘ったのだが――思った以上にドーナツが大人気で、次々に売れるため昼食を取らずに売り続けている。

笑いが止まらないと言ってね。

あいつの労働への意欲には素直に感心するが、俺は見習おうとは思わない。

「ドーナツを作りすぎて、何だか見るのも嫌になってきたな」

『失敗作の処理をすると言いましたよね？ マスターのミスですから仕方がありません』

「お前、俺のこと嫌いだろ」

『好きではありませんが、嫌いでもありませんね』

「何その玉虫色の答え？　人工知能の癖にハッキリしない奴だな」

ドーナツをモソモソと食べる。

ルクシオンが用意したレシピ通りに作ったおかげで、生徒が学園祭で作ったにしては上出来のレベルだった。

「あ、結構うまい」

『私が手伝ったので当然ですよ』

すぐに一個目を食べ終わり、二個目にかぶりついたところで――俺の目の前を一人の女子生徒が通りかかった。

俯いて歩くその女子は、少し考え事をしているようだった。

そんな女子が急に両手でお腹を押さえる。

俺の目の前に来た事で、ドーナツの甘い匂いを嗅いだのか「くぅ～」と可愛らしいお腹の音がした。

顔を真っ赤にして、その女子は俺の顔を見る。

「き、聞こえたか？」

普段なら「何か？」なんて聞こえていないふりをする紳士の俺だが、その女子を見て焦ったのか頷いてしまった。

「あ、はい――い、いえ、聞こえていません！」

慌てて訂正するも遅く、その女子――アンジェリカさんは顔を赤くして言い訳を始める。

「い、色々と忙しく、昼食を食べている暇がなかったのだ。そ、それに——今日は普段側にいる者たちもおらず、その——」

何が言いたいのかわからないが、お腹が空いているのは伝わった。

何しろ、アンジェリカさんの視線は、俺の手元にあるドーナツにチラチラと向いている。

もっと高飛車な女子だと思っていただけに、ギャップが可愛く見える。

緊張が解けた俺は、持っていたドーナツの入ったカップを差し出した。

「食べます？」

アンジェリカさんは戸惑っている。

「い、いいのか？」

「どうぞ」

「すまない。お金は——後で払おう」

細かいお金を持っていないのか、おつりが発生するので後で屋台に払いに来るつもりのようだ。

しかし、このドーナツで代金は受け取れなかった。

「失敗作なので気にしないで下さい」

そう言うと、ドーナツに小さな口でかぶりついたアンジェリカさんが驚く。

「失敗作？」

心配になった顔をしているので、俺は大丈夫と安心させる。

「サイズが大きいとか、小さいとか、そういう失敗ですね。小うるさい奴がいて、商品の基準を満た

さないと売らせてくれないんですよ」

「十分においしいぞ。むしろ、小さいのはカリカリしていて私は好みだ」

「それは良かった」

アンジェリカさんは、俺の横に腰掛けてドーナツをおいしそうに食べる。

取り巻きを連れていないアンジェリカさんは、普段と印象が違って気安く感じる。

日頃は近付けないオーラが出ているのに、今は少しも感じさせない。

「こういったものは、側にいる者たちが食べさせてくれないからな。とても新鮮だ」

あの乙女ゲーの悪役令嬢――アンジェリカ。

だが、そんな彼女がドーナツを食べている姿は、とても悪人には見えなかった。

マリエが前に言っていたな。

人の婚約者を奪う主人公の方が余程悪人だ、って。

そんな悪人と呼べる行為をしそうになったのがマリエなので、人様のことをとやかく言える立場ではないけど。

ドーナツを食べ終わったアンジェリカさんだが、少しだけ悲しそうに見えた。

「どうしました？　やっぱり駄目でした？」

口に合わなかったのかと心配していると、アンジェリカさんが俺を見て微笑む。

「いや、おいしかったよ。だが、まさかこうしてバルトファルト殿と話す機会を得るとは思わなかった」

「――え？　お、俺をご存じで？」

どうしてアンジェリカさんが俺を知っているのだろうか？

冷や汗をかく俺を見て、アンジェリカさんは悪戯っ子のような笑みを浮かべている。

「冒険者として成功を収め、そして王都に潜伏していた空賊を捕らえた人物だからな。自分が有名人であると自覚した方がいい」

「いや、それはほら――偶然といいますか、まぐれでして」

「運の結果だろうと成した事は大きい。もっと胸を張るといいさ。――さて、私はもう行かなくてはならない。ドーナツの礼は今度させてもらおう」

クスクスと笑いながら立ち上がったアンジェリカさんは、楽しそうに去って行く。

「俺って有名人なのか」

『あれだけの事をしておいて、無自覚とは呆れますね』

ルクシオンの小言を聞き流した俺は、頭をかいてから立ち上がって屋台へと戻ることにした。

そろそろ戻らないと、マリエに文句を言われそうだ。

◇

リオンと別れたアンジェリカは、少しだけ気持ちが楽になった気がした。

（思っていたよりも悪くない。あの人柄は殿下の側に必要かもしれないな）

偶然にもリオンと話をする機会を得たが、印象としては想像以上であった。

(近い内に殿下にも紹介しよう。学園生活を楽しみたい殿下なら、交友関係が広がるのは受け入れて下さるはずだ)

少しでもユリウスとの関係を改善するため、アンジェリカは自分から歩み寄ろうと考えていた。

そして、食べたドーナツの味を思い出す。

(同じような物は何度か食べたことはあるが、今日のドーナツは格別に感じたな。――また、食べる機会はあるだろうか?)

アンジェリカは、リオンと一緒に食べたドーナツの味が心に残っていた。

最近は何かと問題ばかりで頭が痛かったが、先程は何もかも忘れられて解放された気分になっていた。

(礼をすると言ったからな。今度菓子でも贈っておくか? それとも何か別の物にするべきか?)

リオンへの礼の品を考えていると、本人も気付かない間に微笑んでいた。

だが、そんなアンジェリカの前に、出くわしたくない女子生徒がやって来る。

俯いて歩いているその女子生徒は、アンジェリカがいる事に気付いていなかった。

アンジェリカの表情から笑みが消えると、その女子生徒――オリヴィアとすれ違う際に声をかける。

「随分と殿下に気に入られたようだな、特待生」

「へ?」

驚いて顔を上げたオリヴィアは、相手がアンジェリカだと知ると血の気の引いた顔になる。

何か言おうとするが、口がパクパクと動くだけだった。

アンジェリカは眉根を寄せていた。

「ジルクや他の連中とも仲が良いそうだな。彼らの婚約者たちが心配していたぞ。特待生に夢中になりすぎている、とな」

「いや、ちが――だって、あの！」

オリヴィアが必死に何か訴えようとしているが、アンジェリカにはどうでも良かった。

むしろ、今は顔も見たくなかった。

――先程までの楽しかった気分を台無しにされたような気がして、余計に腹立たしく思えてくる。

「お前は私の忠告を無視した。――それだけは忘れるなよ」

(いずれ王位を継がれる殿下を惑わすとは何を考えているのか。たとえ、お前が殿下と結ばれて側室となり王宮に入ったとしても、待っているのは権力争いだ。お前のような平民の娘が、平和に暮らしていけるものか)

そう言って、アンジェリカは去って行く。

◇

アンジェリカの言葉に、オリヴィアは酷くショックを受けていた。

「わ、私――どうしたら――」

公爵令嬢であるアンジェリカが、貴族たちの中でも高い地位にいるというのはオリヴィアにも最近理解できるようになった。

女子生徒とほとんど交流がない関係で、詳細な情報は手に入らない。

また、ユリウスたちはアンジェリカの話をすると嫌がる。

「ユリウス殿下たちに相談したら、今度はアンジェリカさんを怒らせる。ど、どうしよう。そしたら、私の故郷が――」

これまでに他の女子生徒たちに言われてきた言葉が、フラッシュバックした。

アンジェリカを怒らせると、公爵家が軍隊を派遣してオリヴィアの故郷を火の海にしてしまう想像をしてしまう。

「怖い――誰でも良いから――助けて――」

# 第05話「この世界の現実」

学園祭二日目が終わった。

男子たちが外で片付けを行う中、マリエは教室で稼いだ金額を数えている。

「流石はお金持ちの通う学園よね。単価を馬鹿みたいに高く設定しても、飛ぶように売れたわ」

日本円でいうなら、一個千円くらいで販売した。

ボールドーナツが五個入りのカップで千円――前世のマリエなら、絶対に手を出さなかっただろう。

そこから更にトッピングを加えると、数百円も加算される。

しかし、ここの客層はお金持ちの貴族様たちだ。

高くても結構な数が売れてしまい、結果的に大儲けできた。

札束を数えるマリエは上機嫌である。

「このお金があれば、明日から生活費に困ることもないわ。おっと、隠しておかないと、借金取りに取られちゃう」

マリエは札束を大事そうに懐にしまい込む。

そこに取り巻きを連れた女子生徒がやって来た。

編み込んだ両脇のおさげで輪を作った髪型の女子は、専属使用人と呼ばれる亜人種の奴隷たちを数

多く連れていた。

化粧が濃く、香水の匂いがきつくて、会いたくない人物――オフリー家のステファニーだ。

「ラーファン子爵家のマリエよね？」

ステファニーがマリエに声をかけてきた。

自分たちはステファニーを知っているが、こうして会いに来るとは思っていなかっただけにマリエは戸惑う。

「そうだけど――何か用？」

「あんた、目上の人間に対する態度がなってないわね。オフリー伯爵家を知らないとでも言うつもりかしら？」

「ステファニーでしょ？　有名人だから名前くらい知っているわよ」

(どうしてあんたが私に絡んでくるのよ!?　ブラッドを狙った件なら失敗したし、そもそも空賊を裏で操っていた癖に会いに来る!?　も、もしかして、釘を刺しに来たとか？)

相手が自分に接触してきた理由がわからない。

マリエが困惑していると、ステファニーが愉快そうに笑っていた。

「何も聞いていないの？　あんたの家と、うちが婚姻を結ぶことになったのよ。結婚するのは、うちの兄とあんたよ」

「――はぁ？」

急な話にマリエは理解が追いつかない。

そもそも、そんな話は聞いていなかった。

「勝手に言われても困るわよ。だいたい、私は知らないわ」

ステファニーは、マリエの意見など聞いていなかった。

ただ、事実を伝えに来たらしい。

「あんたの意見なんかどうでもいいの。あんたの実家は、あんたを結婚させると言っていたわ。それから、貧乏貴族たちと付き合っているみたいだけど、今後は控えなさい。あんたのせいで、私まで評判が落ちるなんてごめんだからね」

マリエは誰のことを言っているのか察して手を握りしめる。

「――評判が落ちるって何よ」

「そのままの意味よ。貧乏男爵家のグループに加えて、成り上がりのバルトファルトと仲が良いみたいね？　そういうの、迷惑だから止めなさい」

こいつは何を勘違いしているんだ？

そう思ったマリエだが、相手はお構いなしに話を続ける。

「あんたはうちの兄と結婚するの。――バルトファルトと結ばれなくて残念だったわね」

馬鹿にしたような笑みを向けてくるステファニーを前に、マリエは何を考えているのか予想がついた。

(こいつ、人の不幸を見て楽しんでいるわね)

態度や会話から、相手が無駄にマウントを取ってくるタイプだと判断した。

予想通りの嫌な奴だった。

「リオンとはそんな関係じゃないわ」

顔を背けてそう言ってやると、ステファニーが鼻で笑う。

「そうだといいけどね。とりあえず、忠告はしたから今後は気を付けなさい。あ、そうそう、悪いけど急ぎで結婚式を挙げてもらうから」

「な、何で？」

結婚式を挙げる――すなわち、それは学園の退学を意味していた。

普通ならば在学中は婚約までを済ませ、卒業後に結婚する。

しかし、正式に結婚したならば話が違ってくる。

マリエの狼狽《ろうばい》する姿が面白かったのか、ステファニーが顔を近付けてくる。

「うちの兄って糞野郎でさ。あんたにはピッタリの男だからお似合いよ。あぁ、勘違いしないでね。うちに来たからって贅沢なんて出来ないわ。あんたは、あくまでも――跡取りを用意するだけの存在だから」

それだけ言うと、ケラケラ笑ってステファニーは去って行く。

マリエはこの瞬間に自分の現状を理解する。

（私の第二の人生――終わった）

◇

学園祭三日目。

競技大会で生徒たちが盛り上がりを見せる中、俺はマリエから家庭の事情を聞かされていた。

場所は人気のない会場の外。

「お前がオフリー家の跡取りと結婚!?」

ステファニーから何らかの接触がある可能性は考慮していたが、まさかマリエとの婚約話が持ち上がるとは想像もしていなかった。

競技大会の会場から、生徒たちの盛り上がる声や歓声が聞こえてくる。

それらがどうにも五月蠅く聞こえてきた。

マリエは力なく笑っている。

「いや〜、まさかオフリー家の跡取りが私の魅力に気付くなんて思わなかったわ。私って本当に罪作りよね」

冗談を言ってはいるが、今のマリエに余裕があるように見えない。

「断れないのか?」

「あんただって理解しているでしょ？　これでも私だって貴族なのよ。——凄く貧乏だけどさ」

いくら貧乏な暮らしをしていようとも、貴族は貴族。

結婚に自由がないのは、珍しい話ではない。

そもそも、結婚とは家同士の契約という意味合いが強い。

学園で好みの相手を見つけても、次に問題になってくるのが家柄やら資産——家同士の関係になってくる程だ。

自由恋愛が許されるような学園に見えて、実は非常に厳しい条件が付きまとっている。

あの乙女ゲーの世界にしては、随分と生々しい現実を取り入れたものだ。

純粋な恋愛の末に結ばれる結婚の方が、この世界ではレアケースになる。

個人同士の気持ちなど考慮されないのが普通だ。

いわゆる政略結婚である。

俺だって一度は、家のために結婚させられそうになった。

縁談を断るためにかなりの無茶をしたわけだが、マリエの場合は俺の時とは事情が違う。

両家——双方の合意が成立している。

何故か俺の口からマリエを説得するような台詞が出てくる。

「オフリー伯爵家の跡取りだぞ。きっとろくな男じゃない」

「そうね。ステファニーが糞野郎って言っていたくらいだし」

「あいつが？　それならなおさらだろ。そもそも、オフリー家はこのままいけば取り潰されるような家だぞ。嫁いだってお前は——」

——幸せになれない。

あの乙女ゲーにて、オフリー伯爵家は主人公様たちに敵対する家だ。

空賊と手を結び、主人公様であるオリヴィアさんたちを亡き者にしようとして返り討ちに遭った。

結果は失敗に終わり、オフリー家は取り潰された。

あの乙女ゲーで言えば、中盤の盛り上がりに出てくる敵である。

ゲームのシナリオを考えるなら、関わってはいけない家だ。

そして、個人的に考えても付き合わない方がいい家だ。

マリエもそれは理解しているのだろうが、俯いて両手を握りしめる。

「私だって嫌よ！　すぐに逃げ出したいわよ。けど——こんな世界で私一人が逃げ出して、生きていけると思っているの？」

この結婚は家同士の問題である。

もしもマリエが逃げ出せば、ラーファン子爵家とオフリー伯爵家が揃って全力で捜し出すだろう。

これだけ聞けば遠くに逃げればいいと思えるかもしれないが、前世と違ってこの世界では事情が異なる。

遠い地で女性が一人で暮らしていけるかと問われれば、難しいと言わざるを得ない。

逃げ続けるにしても大変だ。

両家に怯えながら、逃亡生活をするなど肉体的にも精神的にも辛い。

俺が実家に匿《かくま》おうにも、両家は必ず俺を怪しんでバルトファルト家に乗り込んでくる。

俺だけでなく、家族まで巻き込むことになる。

「落ちぶれても、ラーファン家だって一応は貴族よ。逃げれば相手の家も面子《めんつ》に関わるし、いつかは絶対に見つかるわ。それに、逃げ続ける人生なんて疲れるから嫌よ」

マリエは既に諦めているようだ。

「あ〜あ、せめて修学旅行くらいは行きたかったな」

「修学旅行も参加できないのか？」

二学期の行事に参加できないということは、すぐにでも結婚して退学するということか？

どうしてそんなに結婚を急いでいる？

マリエが知っていることを俺に教えてくれる。

「オフリー家が結婚は早い方がいいって。うちの実家は受け入れたみたいよ。——さっき、手紙が来て結婚しろって書かれていたわ」

見せられたのは握り潰されクシャクシャになった手紙だった。

親が娘に宛てたにしては素っ気ない文章で、まったく愛情が伝わってこない。

途中、競技大会の会場で割れんばかりの歓声が沸き起こった。

きっと誰かが活躍したのだろうが、俺はそれどころじゃない。

——今はマリエをどうにか救うべきである。

「マリエ」

「おっと、変な気は起こさないでね」

ルクシオンを使って助けようと考えたところで、マリエがストップをかける。

俺の考えなどとっくに読んでいたらしい。

「私だって助けてもらおうって考えたわよ。ルクシオンなら助けてくれそうだしさ。けど、今はオフ

よ？」
「今後に大事なイベントが控えているでしょ？　余計なことをして、変な影響が出たらどうするの
「――どうしてだよ？」
リー家と揉めるべきじゃないと思うの」

俺は気付かない内に手を握り締めていた。

ゲーム的な理由を優先するならば、オフリー家には中盤まで――二年生の中頃まで存在して欲しい。

また、俺たちが関わった事でシナリオに変化が起きるのは避けたかった。

「実際さ、私が結婚する流れもおかしいでしょ？　余計なことをした罰かしらね？」

五人の貴公子にアタックした罰だと言い始めたマリエは、どうやら覚悟を決めたらしい。

「お前が助けてくれって言えば、俺は――」

「助けるって言っても大変でしょうが。私を匿うと、あんたの実家が絶対に怪しまれるわよ。ルクシオンがいるからどうにでもなるだろうけど、オフリー家って実際に凄く面倒な相手じゃないの？」

リアルで考えても、悪い噂の絶えない家というのは厄介である。

悪さをしてももみ消されているということは、王国が見逃しているからだ。

王国内で、実力のある誰かが庇っているはずだ。

下手にオフリー家に手を出せば、更に厄介な敵を作る可能性が出てくる。

マリエを助けようとすれば――相応の覚悟が必要になるだろう。

大きな決断も必要になってくる。

俺が何も言わずに黙っていると、マリエが満面の笑みを浮かべた。

「楽しかったわよ」

「え？」

「だから、思っていたよりも楽しかったって話よ。王子たちには見向きもされなくて、逆ハーレムで左団扇の暮らしが出来なかったけどさ。それでも、あんたと一緒の生活も悪くなかったわ」

マリエは一度俯き、そして顔を上げる。

「じゃあね。まぁ、オフリー家が取り潰されても私は大丈夫よ。何しろ貴重な回復魔法の使い手よ。しぶとく生き抜いてやるわ」

諦めて結婚を受け入れつつも、既に先のことを考えているらしい。

マリエならばしぶとく生き延びてくれそうな気がする。

だが、それはマリエが望んだ幸せではない。

「お前はそれでいいのか？　学生生活をやり直したいって言っていただろうが」

マリエは困ったように笑っていた。

「ゲームオーバーになるよりいいわよ。だって、主人公様たちが活躍しないと、私たち本当に大変になるのよね？　私はリアルでバッドエンドを迎えるなんて嫌よ」

「だ、だけどさ」

マリエはそのまま俺に背を向けて歩き出した。

「色々とありがとね。あんたも――頑張りなさいよ。ルクシオンがいるから心配いらないと思うけどさ」

随分と小さくて頼りない背中だ。

その後ろ姿が、前世の妹とかぶってしまった。

「――あっ」

手を伸ばして、俺はすぐにその手を下ろした。

覚悟を決めたマリエに、俺が何をしてやれるというのか？

# 第06話「リオンの覚悟」

学園祭三日目の夜。

外では生徒たちがまだ盛り上がっていたが、俺は男子寮に戻って制服のままベッドに横になっていた。

近くにルクシオンが浮かんでいるのだが、灯を点けていない部屋は暗いため赤いレンズが光っている。

今日の出来事に不満があるのか、ルクシオンが俺の顔に近付いてきた。

『本当にこのままでよろしいのですか？』

「何が？」

『言われずとも理解しているはずです。このままマリエの結婚を放置してもよろしいのか、と聞いています』

ルクシオンを見たくなくて、俺は寝返りをうって背中を向けた。

「前にも言っただろうが。ゲームのイベントとか、色々と理由があるんだよ」

『マスターは本当にヘタレですね』

「あん？」

顔だけ振り返ると、ルクシオンが俺に命令を求めてくる。

『私にご命令くだされば、すぐにでもオフリー伯爵家を消しましょう。その裏にいる連中も全て、ね。簡単に片がつきますよ』

本当に物騒な人工知能だ。

――つい、その提案に乗ってしまおうかと考える自分が情けない。

一つの問題が解決しても、その後に幾つもの新しい問題が出来ては意味がない。

俺はルクシオンの提案をつっぱねる。

「その結果、この乙女ゲーの世界が滅んだら意味がないだろうが」

『私は正直に言ってゲームのシナリオに興味がありません。そもそも、私はゲーム的なシナリオについて考慮していません』

マリエには旧人類の特徴が多いらしく、ルクシオンのお気に入りだ。

そんなマリエを助けるためなら、多少の無茶をしてもいいと考えているらしい。

後先を考えなければ素晴らしい解決策だが、そんなに簡単な話ではない。

「――ラスボスが厄介な奴でさ。お前でも倒しきれないから、オリヴィアさんたちに何とかしてもらうしかない。そのために、オフリー家とマリエの問題に関わるのは避けたいって言えば理解するか？」

ラスボスを倒せず、国が滅んで大勢の人間が命を失う結果になるのは俺もマリエも望んでいない。

『私でも倒しきれない敵がいるのか疑問ですが、それならばこの大陸に住む者たちを見捨ててもよろしいのでは？』

「嫌だよ。というか、お前はいつも過激だな」

マリエに対して執着を見せるルクシオンだが、魔法が使える新人類の末裔――この世界の人々に対しては非常に冷たい。

むしろ、滅べば良いと思っている危険な人工知能だ。

『では、マリエがこのまま結婚してもマスターは後悔しないのですか？』

「もう黙れよ」

命令すると、ルクシオンが俺に何かを言うことはなかった。

ただ、赤いレンズが俺を見ているだけだ。

まるで責めるような視線を向けてくる。

そんな中、俺はマリエの背中に自分の妹の姿が重なった光景を思い浮かべていた。

――前から気になっていた。

だが、決定的な証拠がない。

俺もマリエも、前世の名前が思い出せないでいる。

あの乙女ゲーのことも、前世の記憶もあるのに――名前だけが思い出せない。

まるで何か意図的なものがあるかのように感じてしまう。

それでも、幾つもの共通点があれば不自然に思うさ。

色々と考えれば考えるほどに、マリエは俺の前世の妹と似ている。

時折、妹に向けていた苛立たしい感情と、懐かしさ——居心地の良さを感じていた。

——マリエがそうなのだろうか？

だったら、俺はどうするべきだ？　何度も自分に問い掛ける。

俺はどうしたいのか？　と。

上半身を起こした俺は、ルクシオンに尋ねる。

「ルクシオン、悪いがお前の提案は却下する」

『——残念です』

ルクシオンが本当に残念そうな電子音声で返事をしてきたので、意地の悪い表情を浮かべてやった。

「だけど、マリエの結婚を認めてやるのも嫌だ」

『おや、それでは？』

「マリエの結婚を阻止してやる。そもそも、あいつが俺より先に結婚するのが気に入らない」

俺がマリエを助けたい理由を聞いたルクシオンは、一つ目を左右に振っていた。

『マスターらしい素晴らしくひねくれた理由ですね。人工知能の私ですら、マスターの人間性を疑いたくなりますよ』

「いつも言っているだろうが。——俺はこんな自分が嫌いじゃない、って」

ベッドから出た俺は、すぐに行動を開始することにした。

ルクシオンが俺の右肩に飛んできて、今後の予定を尋ねてくる。

『それで、マスターはこれから何をするつもりですか？』

「こう見えて、俺は外堀から埋める男だ。とりあえず、王宮にオフリー家が空賊と繋がる証拠を提出して動いてもらう」

『証拠はあるのですか？』

「お前がいるだろ？」

当然のようにルクシオンを頼るつもりでいた。

俺の態度にルクシオンは諦めたような声色で答える。

『結局、私に頼るのですね。先程のように悩んで判断できない状況よりはいいでしょう。それよりも、ゲームシナリオを破綻させずに事を納められるのですか？』

俺はルクシオンに呆れた顔をする。

「無理に決まっているだろうが」

『それでもマリエを助けると？』

「破綻したなら、俺とお前でフォローすればいいんだよ」

『それは行き当たりばったりと言いますね。実にマスターらしい解決方法です』

「いいから行くぞ。とりあえず、証拠を用意してくれ」

『お任せ下さい。もっとも――王宮が動くとは思えませんが』

「一言多いんだよ」

◇

ルクシオンが集めた証拠の品々を王宮へと届けて数日が過ぎた。

マリエは着々と退学の準備を進めているが、俺の方は遅々として進んでいなかった。

俺は今、自室で勉強机に突っ伏している。

「この国って本当に最悪だよな。俺がせっかく証拠を集めて提出したのに、それを握り潰してなかったことにするんだからさ」

結果から言えば、俺が提出した証拠は何者かの手によって握り潰されてしまった。

ルクシオンが調べた限りでは、王宮内に目立った動きはないそうだ。

むしろ、オフリー家絡みの証拠を誰が集めたのか？　そんな話題で宮廷貴族たちが集まって会議をしていたらしい。

——匿名で証拠を提出したが、どうやら正解だったらしい。

『証拠を集め、王宮に提出したのは私ですけどね』

「命令したのは俺だから、手柄は俺がもらう」

『そして、失敗したら責任は私に負わせる、と——素晴らしいマスターを持てて大変嬉しく思いますね』

「嫌みと皮肉が多い人工知能を持てて、俺も幸せだよ」

ルクシオンと馬鹿みたいな話をする俺は、上半身を起こして小さくため息を吐いて気持ちを切り替える。

そもそも、この程度は予想できていた。

「以前に捕まえた空賊たちは、全員牢屋の中で自害したんだったか？」

『はい。そのように処理されていましたね。私は何者かの工作があったと判断しています』

「思っていたよりオフリー家の影響は大きいな」

ゲームの中盤を盛り上げる中ボスが、この程度で簡単に退場するとは思っていなかった。

だが、王宮の反応は予想以上である。

まさか、証拠を提出した方を調べ始めるとは思わなかった。

ルクシオンが痕跡を残していないため、俺までたどり着くことはないけどさ。

――ここまで腐敗しているとは思わなかった。

『それから、マスターが予想した通りでしたよ』

「数日でそこまで調べたのか？」

驚いて目をむく俺に、ルクシオンは心なしか自慢気だった。

『この程度で驚かれても困りますよ。オフリー家ですが、王宮内で権力を持っている人物が後ろ盾になっています』

オフリー家の後ろに権力者がいるわけだ。

俺は少し考えてから答えを出す。

「あの乙女ゲー的に考えるなら、悪い貴族だから――レッドグレイブ家か？」

一瞬、学園祭で見たアンジェリカさんの笑顔が思い浮かんだ。

悪役令嬢にしてはまともそうだったが、実家までが同じとは限らない。

答えただけなのに、どうしても気持ちがモヤモヤする。

だが、ルクシオンが俺の答えを幸いにも否定する。

『外れです。正解はフランプトン侯爵です。王宮内にも影響力を持っています。宮廷貴族たちを取り込み、オフリー家の悪事をもみ消していました』

「フランプトン侯爵？」

『何かご存じなら、今の内に情報を提供して欲しいのですが』

「――いや、どうだったかな？」

俺は転生してすぐに攻略情報を書き込んだノートを開く。

十年以上も前のノートはボロボロになっているが、俺にとっては大事な攻略本だ。

しかし、フランプトン侯爵の名前は出て来ない。

「聞いたような気もするが、覚えていないな。モブ貴族じゃないか？」

『モブと言っても侯爵家――この国では王家に連なる血筋ですね。継承権も持っていますし、重要人物ですよ』

王位継承権を持っているとはいえ、国王になれる可能性は低い。

継承権は持っているだけだろう。

俺と同じモブではあるが、現実的には影響力の大きな人物だった。

「参ったな。そんな奴がオフリー家を庇っているとなると、証拠を提出してももみ消されるわけだ。

外堀を埋めるのは無理かもな」

強硬手段に出る可能性が高まってきた俺は、深いため息を吐く。

そんな俺にルクシオンが進言してくる内容は、かなり突飛なものだった。

『それでしたら、学園生徒のディアドリー・フォウ・ローズブレイドを訪ねてみてはいかがでしょうか？』

「ローズブレイド？」

『三年生をまとめる伯爵令嬢です。ローズブレイド家は、オフリー家と敵対関係にあります。証拠を持って面会すれば、手を貸してくれる可能性があります』

「俺に手を貸してくれるとは思えないけどな」

『情報を収集している最中に、宮廷貴族たちはローズブレイド家を警戒しておりました。証拠を集めたのもかの家ではないか、と焦っていましたよ。彼らにとっては随分と厄介な存在のようです』

俺はルクシオンが用意してくれた証拠を手に取る。

「失敗したら、俺とお前で強引な手段に出るしかないな」

自嘲する俺に、ルクシオンは言う。

『私からすれば、その方が最善なのですけどね』

◇

ローズブレイド先輩——いや、ディアドリー先輩にオフリー家の件で話をすると、何故か女子寮まで連れて来られた。

ディアドリー先輩が使用する部屋は、学生寮とは思えないほど豪華である。

部屋が幾つも用意され、調度品も高級品ばかり。

高級ホテルのスイートルームと言われても信じてしまう豪華さだ。

ディアドリー先輩だが、専属使用人と呼ばれる亜人種の奴隷を連れていない。

身の回りの世話をするのは取り巻きをしている女子生徒たちだ。

多くはローズブレイド伯爵家の寄子《よりこ》をしている騎士家の娘さんたちだった。

金髪縦ロールのディアドリー先輩は、俺が渡した証拠を確認しながら微笑んでいる。

何かを企むあくどい笑みと言えば伝わるだろうか？

美人の攻撃的な笑みというのは、何とも恐ろしいと実感させられた。

「全てを鵜呑みにはできませんが、一部はわたくしにも覚えがありますわ。よくこれだけの証拠を集められたものですわね」

「それはどうも」

「——バルトファルト殿は、こちらも得意なのですね。ちょっと意外でしたわ」

こちら、とは暗躍などだろう。

情報を集め、敵対勢力に相手の弱みを流す——俺は苦手だけどね。

ただ、俺にはチート課金アイテムのルクシオンがいる。

「無我夢中で頑張っただけですよ。本来は苦手です」

「ここまでの事を成して、苦手とは謙遜が過ぎますね。――それで、わたくしに。いえ、ローズブレイド家に何を求めておられますの？」

俺を見据えるディアドリー先輩の目は鋭かった。

俺は肩をすくめながら言う。

「知り合いがオフリー家の跡取りと結婚することになりました。本人の意思を無視した政略結婚ですよ」

「あら、それは可哀想ですわね。その子とは親しかったのかしら？」

可哀想と言いながら、深く同情した様子はない。

女子として思うところはあるのだろうが、貴族としては当たり前の話なので驚きはしないのだろう。

「友人関係ですよ。ただ――気に入らないから結婚式をぶっ壊したいと思っています。問題なのは兵力ですかね。足りない上に、事後処理だって面倒だ」

そのためにローズブレイド家の力を貸してほしい。

そんな俺の願いを聞いて、取り巻きの女子たちは様々な反応をしていた。

驚いて声も出ない子がいれば、自分たちを巻き込もうとする俺を睨む子もいる。

呆れて頬を引きつらせている子もいたが、ディアドリー先輩は違った。

「まったく――ダンジョン攻略を成した冒険者というのは本当ですわね。常識が通じませんわ」

失敬な人だな。俺は常識人だ――と言うと話がややこしくなるので黙っていた。

ディアドリー先輩は俺に満面の笑みを――いや、何だろう？　頬を赤く染めて、興奮していた。

「実にいい！　正義を成す理由が気に入らないから？　本当に馬鹿げていますわ。――ですが、それでこそダンジョン攻略者です。ローズブレイド家の女として、大変好ましいですわよ」

自分たちの主人が肯定的な反応を示すと、取り巻きの女子たちが「あぁ、やっぱり」という顔をしていた。

ディアドリー先輩が閉じた扇子を俺に向けてくる。

「実家にはわたくしが口添えしますわ。それで、バルトファルト殿は何をされるのかしら？　ダンジョン攻略者である貴殿が、まさか後ろで見ているだけとは言いませんわよね？」

思っていた以上に話が進んで驚いた俺は、変な笑いがこみ上げてきた。

「勿論ですよ。――結婚式会場はオフリー伯爵家の浮島ですからね。当日は一番に乗り込んでやりますよ」

俺の答えはディアドリー先輩好みだったらしい。

「わたくし好みのいい返事ですわよ」

ディアドリー先輩が手紙を書く用意を取り巻きの女子たちにさせる間、俺に別件の話を振ってくる。

「それにしても、ここまで想われる女の子が羨ましいですわね。もっと早くにバルトファルト殿と知り合っていれば、ローズブレイド家が本気で取り込みましたのに」

取り込み――縁を結ぶという意味だろう。

この場合は俺と関係者を結婚させたかった、と言いたいわけだ。

そこで俺は一つ思い出した。

結婚に困っているのは俺だけではない。

兄貴――ニックスも同じである。

本当は自分を売り込んでさっさと婚活生活から逃げ出したいのだが、世話になっているニックスには恩を返したい。

それに、これから迷惑をかけるので、お返しというか礼をしたかった。

「それが婚姻関係の話でしたら、是非ともうちの兄貴をよろしくお願いします」

「バルトファルト殿のお兄様は、確か普通クラスに在籍していましたわね」

ニックスのことも調べていたのか？

そんなに俺に注目していたなら、お茶会の時に声をかけて欲しかったよ。

愚痴がこぼれそうになる前に、俺はこの話を終わらせることにする。

「今は三年生です。結婚が決まらず焦っていましてね」

「そう――お兄様の評価をお伺いしても？」

「家族の贔屓目《ひいきめ》は入りますが、誠実な男ですよ。だから、釣り合う相手がいたら、よろしくお願いします」

軽い感じでお願いしてみると、ディアドリー先輩が扇子を開いて口元を隠した。

そのままブツブツと何か言ってから返事をくれる。

「――いいでしょう。無事に全てが解決したら、お兄様の縁談はローズブレイド家に任せなさい。悪いようにはしませんわ」

「そいつは良かった。――じゃあ、俺はそろそろ準備があるので」

席を立つ俺に、ディアドリー先輩が微笑みながら釘を刺してくる。

「ローズブレイド家を本気にさせるのですから、それだけの働きを期待していますわよ」

言外に「お前から持ちかけた話だぞ」と言われた気がする。

逃げる、または傍観するような真似は許さないという意味だろう。

俺は背中を向けていたので、上半身だけ振り返る。

「期待していて下さい」

俺一人では頼りないだろうし、期待に応える働きは難しい。

だが、ルクシオンがいれば話は別だ。

――やり過ぎないように見張る方が大変なくらいだ。

# 第07話「友達」

王都近くに浮かぶ浮島は、飛行船の港になっている。

数多くの飛行船が出入りを繰り返している港には、オフリー家へと向かうマリエの姿があった。

港に停泊しているオフリー家の飛行船は、成金趣味と言うべきだろうか？　金色に装飾されて目がチカチカする。

お世辞にも趣味が良いとは言えない飛行船だ。

周囲の視線を集めており、悪目立ちをしている気がする。

そんな中――マリエを見送るために大勢の生徒たちが集まっていた。

「マリエちゃん、あ、あの、あのね、これ、面白いから読んで」

エリーがマリエに一冊の本を差し出していた。

本が大好きな彼女らしいプレゼントである。

「ありがとう、エリー。――読書もいいけど、あんたはすぐ夜更かしをして寝坊をするんだから気を付けなさいよ」

「う、うん」

本を受け取ったマリエに、ボサボサ頭の物臭な女子【シンシア】が頭をかきながら不満そうな顔をしていた。

文句でも言いそうな態度を取りながら。

「――元気でね」

「シンシアもね。私がいないからって自堕落な生活をしていると、また寮の人に怒られるから気を付けなさいよ」

「考えておくわ」

シンシアは照れているというか、マリエが政略結婚で学園を離れるのを寂しく思っているようだ。

不満そうな態度を取っている女子がもう一人。

制服に絵の具を付けた【ベティ】だ。

鋭い視線をマリエに向けていた。

「マリエなら一人でも生きていけるのにね。結婚から逃げない理由が理解できないわ」

芸術家らしいと言うべきか？　周囲の評価を気にしないベティは、政略結婚をマリエが受け入れたのが理解できないらしい。

マリエは困ったように笑っている。

「ベティが思うより、私はか弱い女の子なのよ。それより、作品に没頭しすぎて倒れないでよ。あんたが一番心配だわ」

三人との別れの挨拶をしているマリエを見て、見送りに来た貧乏グループの男子たちが涙を流していた。

「まさか女神様とこんな形でお別れするなんて」

「これから俺たちは誰を頼ればいいんだよ！」

「こんなのって酷いよ！」

泣いている男子たちは非常に見苦しかった。

そんな彼らをかき分けてマリエの前に出るのは、以前にマリエをいじめていた三人組の女子たちだった。

リーダー格の子は――確か【ブリタ】だったかな？

「マリエ！」

「あんたら――どうして来るのよ」

マリエが眉根を寄せた後、振り返ってオフリー家の飛行船を見る。

タラップを渡った先でマリエを見ているのは、ステファニーの取り巻きたちだ。

ブリタたちが見送りに来たと知ると、露骨に嫌そうな顔をする。

少し前まで、ブリタたちはステファニーに脅《おど》されてマリエをいじめていた。また、オフリー家が空賊たちと繋がっているのを知っている。

ステファニーたちの前に出るのは、軽率過ぎる行動だが――。

ブリタがマリエを前にして、視線をさまよわせる。

「ごめん――本当にごめんね」

何に対して謝っているのか？　周囲は理解できないだろうが、俺とマリエには伝わっていた。

ブリタたちは、オフリー家の悪事を知りながら報復を恐れて何も言えずにいた。

自分たちが恐れず王国に事実を報告すれば、マリエが無理矢理結婚させられる事はなかった、とでも考えているのだろう。

——罪悪感から、ブリタたちはこの場に来てマリエに謝罪をしているようだ。

ブリタたちの気持ちを察したマリエが、微笑んでいる。

「気にしなくていいわよ。別に恨んでないわ」

ブリタたちと別れの挨拶をするマリエだったが、オフリー家の飛行船から大声が聞こえてくる。

ステファニーだ。

「いつまで遊んでいるのよ！　さっさと乗りなさい！」

それだけ言って自分は取り巻きの一人——カーラと船内へと消えていく。

マリエが少ない荷物が入った旅行鞄を手に持った。

周りが涙を流す中、俺だけは普段通りマリエに話しかける。

「荒れているな。義理とは言え姉妹になるわけだが、仲良くやれそうか？」

冗談を交えて言うと、マリエは呆れた顔をしながら答えてくる。

「あんたって本当に空気が読めないわね」

「別に今生の別れでもないからな」

「——ま、それもそうね。何年かかるかわからないけど、また会いましょう」

そう言ってマリエは俺に背中を向けた。

俺は笑みを浮かべながらマリエの背中に声をかける。

「あぁ、またな」

◇

船内に入ったステファニーは、廊下を大股で歩いていた。

苛立っているのか、険しい表情をしている。

カーラはステファニーを落ち着かせようと声をかける。

「どうしたんですか、お嬢様？　さっきまでは上機嫌でしたよね？」

少し前まで、ステファニーはマリエの姿を見て「いい気味だ」と笑っていた。

だが、マリエが友人たちに囲まれている姿を見て、次第に機嫌が悪くなった。

ステファニーが親指の爪を噛む。

「貧乏子爵家の娘なのに、どうして——私と何が——」

どうやら、一人の世界に入り込んで答えてくれないらしい。

カーラはため息を吐きたい気持ちを我慢する。

（急に不機嫌になるとか止めてよ。それにしても、何が原因？　ブリタたちが来たから？　あいつらがいくら証言しても、もみ消せるから大丈夫って言っていたのに——）

ステファニーが不機嫌になった原因が掴めない。

わからない、というのが一番困ってしまう。

カーラはステファニーの側にいる事が多い。

そのため、ステファニーが何に不満を覚えたのか知っておく必要がある。

――自分が下手に怒りを買わないようにするためだ。

考え込んでいると、ステファニーが立ち止まってカーラを振り返ってくる。

不機嫌な態度が一変し、また笑っている。

「それにしても、あいつの周りにいた連中を見た？　どいつもこいつも貧乏人の集まりだったわね」

「へ？　あぁ、はい！」

急な話に困惑しつつも、カーラは頷いて返事をした。

「あんな連中しか友達がいないなんて残念な奴よね。あんな連中が集まってきたら、私だったらゾッとするわ」

「そ、そうですね」

笑いながら返事をしたカーラだが、心の中ではステファニーに不満を溜め込んでいた。

(本当に情緒不安定なんだから。そもそも、あんたには友達なんて一人もいないじゃない)

オフリー家の成り立ちもあり、ステファニーは学園に友人と呼べる存在がいない。

貴族の女子たちはオフリー家を拒絶するか、敬遠するか、利用しようとすり寄ってくるかだ。

ステファニーと友人になろうとする女子は――取り巻きも含めて一人もいなかった。

カーラは困惑しつつも、気になることをステファニーに尋ねる。

「あの、お嬢様？」

「何よ？」

「バルトファルトは大丈夫でしょうか？　前みたいに、こちらの邪魔をしてこないとも限りません。何か手を打つべきではありませんか？」

リオンの恋人を強引に奪ったのだから、相応の備えはするべきと言うカーラにステファニーはお腹を抱えて笑う。

「ば～か！　私が備えをしていないと思っているの？　オフリー家の軍隊と、空賊たちが領地を守ってくれているわ」

「そうですか。安心しました」

胸をなで下ろしたカーラに、ステファニーは更に追加する。

「ついでに、私の邪魔をしたバルトファルトは消えてもらわないとね。集めた空賊たちには、今度はあいつの実家でも襲わせようかしら？」

嬉々として空賊たちにバルトファルト領を襲撃させようとしていた。

そんなステファニーを見て、カーラはゾッとする。

(そこまでするの!?)

◇

学園に戻ると、俺は同じグループの男子たちに囲まれていた。

怒りから険しい表情をする男子たちを前に、俺は椅子に座って脚を組んでいる。

「物置小屋に呼び出すとか物騒だな」

代表して俺に質問してくるのは、友人のダニエルだった。

俺の胸倉を掴み上げてくる。

「リオン、見損なったぞ！　マリエさんが無理矢理結婚させられるのに、ヘラヘラ笑いやがって！」

どうやら、彼らは俺の態度が頂けないらしい。

「――俺が泣いたら満足か？　そもそも両家が合意した結婚に、俺が文句を言って通ると思うのかよ？」

「だからって、港であの態度はないだろ！　マリエさんが可哀想だと思わないのかよ？」

全員が「そうだ！」と言って俺に罵声を浴びせてくる。

そのタイミングで、俺にだけルクシオンの声が届く。

『マスター、行動を開始して下さい。今から動けば、ベストなタイミングで襲撃を仕掛けられます』

「――時間だな」

俺が呟いた言葉に、ダニエルが眉尻を上げる。

この状況で意味不明な呟きをする俺に、腹が立っているのは間違いない。

「あ？　時間が何だ――てっ!?」

ダニエルの腕を掴んで床に投げ、立ち上がった俺は集まった全員に言う。

「悪いけど、俺は用事があるから失礼するよ」

去ろうとする俺に今度はレイモンドが立ちはだかった。

「こんな時にどこに行くんだよ！」

「こんな時だから、だよ。そろそろ準備をしないと、マリエを迎えに行けないだろうが」

「はぁ？」

全員が困惑しているので、俺はこれから何をするのか教えてやる。

今からなら、情報が漏れてもどうとでもなるからだ。

「オフリー家に殴り込みをかけるんだよ。あいつら、裏で空賊と繋がっているからな。ついでに成敗してやろうってね。――お前たちの期待通りに動いてやるから、俺の邪魔だけはしないでくれよ」

そう言って立ち去ろうとすると、床に這いつくばったダニエルが俺の足首を掴んできた。

「何だよ、ダニエル？」

「俺たちも手伝う」

「――何で？」

意味がわからないと首をかしげる俺に、レイモンドも声を上げた。

「そ、それなら僕も手を貸すよ！　実家に話を通せば、鎧を三機――いや、四機は出してくれるはずだ！」

二人の申し出に唖然としていると、黙っていた男子たちが次々に口を開く。

「俺の実家は飛行船を用意できるぞ！　――輸送用で大砲は少ししか積んでいないけど」

「それなら、私の実家は武器弾薬を提供しよう！　――ちょっと古いけど我慢してくれるよね？」

「それなら僕は実家に掛け合って人手を用意するよ！　引退したお爺ちゃんの騎士たちだけど、問題ないよね？」

頼もしいよりも心配になってくる協力の申し出に、俺は頭を振る。

「お前ら、婚活のためにそこまでするのか？」

立ち上がったダニエルが、俺の前に立ちはだかった。

「それもないとは言わない！　言わないが、空賊と繋がりがあると聞いて、黙っていられるか。空賊は俺たち領主貴族の敵だ！　――それに、マリエさんは俺たちを普通に扱ってくれる女子だからな。助けたいじゃないか」

ダニエルの言葉に、学園の闇とも言うべきものが感じられる。

俺たち貧乏グループの男子たちは、女子から同じ貴族として扱われないこともしばしばだ。

そんな中、マリエに優しくされたのが嬉しかったのだろう。

打算があるのも伝わってくるが、マリエを助けたいという気持ちも本心らしい。

俺は頭をかいて全員から視線を逸らす。

嬉しいやら恥ずかしいやらで、彼らを直視できなかった。

「――遅刻したら置いていくからな」

直後、男子たちが「やるぞ！」的な雄叫びを上げた。

◇

『彼らを戦力に加えても結果は変わりません。むしろ、戦闘に参加する事で無駄な損失を出すと思われます』

廊下を歩く俺に、半透明になったルクシオンが先程の話を無駄だと言ってくる。

本当に五月蠅い奴だ。

「領主貴族は、空賊に苦しめられているんだよ。それなのに、敵と手を結んでいる貴族がいると聞いて黙っていられなかったんだろ」

空賊の存在は本当に厄介だ。

時に攻撃を仕掛けてくるため戦闘になる。

領地に来る商船が狙われると、荷物が届かなくなる。

――他にも色々とデメリットが多い存在だ。

潰せるなら潰したい、というのが俺たち領主貴族の本音である。

それなのに、オフリー家が裏切っていたなどと知ったら腹も立つだろう。

『無駄な戦力の投入ですね。理解に苦しみます』

「人間がもっと合理的に生きられるなら、そもそもこんな状況になるかよ」

『マスターにしては素晴らしい回答ですね。ですが――私は新人類を人間とは認めていません。旧人類と同じ括りで語られても困ります。新人類は合理的ではない、と言い直して頂けますか？　そうすれば賛同しますよ』

「嫌だね」

『意地を張りますね』

「お前もな」

そうこうしていると、俺はお目当ての三人組を発見する。

――ブリタたちだ。

「ちょっといいかな？」

笑顔で声をかけると、ブリタたちが俺に嫌悪感丸出しの顔を向けてきた。

ダニエルたちと同じように、港での俺の態度が気に入らなかったのだろう。

「何よ？」

「やってもらいたい事がある」

# 第08話「ステファニーとカーラ」

オフリー家の治める浮島に連れてこられたマリエは、お城の一室に軟禁されていた。

部屋の前には、常にメイドたちが控えている。

マリエが逃げ出さないように見張っているのだろう。

「思っていたよりも悪くない環境よね！　女子寮の私の部屋より豪華だし、食事だって出るんだから最高よね」

マリエに用意された部屋だが、想像していたよりも快適だった。

オフリー家の財力を見せつけるためか、内装にも随分とこだわっている。

家具もマリエから見れば高級品ばかりだ。

逃げられないように窓に鉄格子をはめてある以外は、マリエにとって理想と言っていい部屋だった。

部屋の中にある丸テーブルには、メイドたちが運んできた昼食が並んでいる。

マリエはこんな状況でも毎食残さず食べていた。

食べ終わって口元を拭うマリエは、ニヤリと笑みを浮かべる。

「閉じ込めて質素な生活を送らせるとか言っていたけど、私からすればこの暮らしは質素ではなくて豪華なのよ。毎日ちゃんと食事が用意されて、使用人がいるから家事をする必要もないとか――もしかして、ここが私の理想郷だったの？」

ステファニーはマリエを冷遇するつもりだったのだろう。

だが、オフリー家が用意した最低限の環境というのが、マリエにとっては夢見ていた生活に近かった。

「いや〜、オフリー家の財力には驚かされるわね」

想像よりも悪くない環境を楽しんでいるマリエだったが、食べ終えた後に妙な寂しさが襲ってくる。

食事量が少ないからか？　と一瞬頭をよぎったが、その理由は明白だった。

一人寂しい食事は久しぶりだと気付いたからだ。

学園に入学してからは、リオンと出会って何かと騒がしい日常を過ごしていた。

昼食だって一緒の時が多かった。

「――やっぱり、一人になると寂しいわね」

自分が望んでいた生活が手に入ったのに、寂しさだけはどうにもならない。

マリエは俯いて自嘲する。

「これなら――色々とあったけど学園の方がマシよね」

一年も我慢すれば、あの乙女ゲーのシナリオではオフリー家は取り潰される。

――マリエはリオンに一つだけ不安要素を話さなかった。

それは、跡取りと結婚したマリエに累《るい》が及ばないか、だ。

事情はどうであれ、マリエはオフリー家の跡取りであるリッキーの妻となる。

将来的にオリヴィアたちがオフリー家を打ち倒した場合、責任を追及される側になっているだろう。

そんな自分が、うまく逃げ出せるかどうか――マリエにも予想がつかない。

潔く死んで償うなどごめんだし、当然ながら逃げ出す準備はするつもりだが。

マリエは背伸びをする。

「これがメインキャラクターなら助かりそうだけど、私もリオンと同じくモブだろうから無理よね。この世界、本当にとことん私に厳しいわ」

前世も幸福だったとは言えない終わりを迎えた。

転生後は子爵家の娘とは思えない生活を送り、学園に入学したら攻略対象である貴公子たちからは見向きもされない。

ようやく自分なりの幸せを見つけ出そうとしたら、これだ。

「素直に助けて欲しいって頼めば――いえ、駄目ね。余計なことをしたら、本当にこの国が滅んじゃいそうだし」

あの乙女ゲーをプレイした際、何度もゲームオーバーを迎えたことを思い出す。

これで良かったのだ、とマリエは自分に言い聞かせる。

「あら？　それよりも、食後のコーヒーが遅いわね」

気持ちを切り替えたマリエは、食後に頼んでいたコーヒーが来ないことを気にする。

切り替えが早いのもマリエの強さである。

すると、ノックもせずにドアを開け放ち、入室してくる女がいた。

少し苛立っているステファニーだった。その後ろには、カーラの姿が見える。

「毎食、毎食、完食した上におかわりまで頼んでさ。あんた、少しは落ち込んだりしないわけ？」

マリエのテーブルの上には、幾つもの皿が積み上げられていた。

マリエはステファニーを前に肩をすくめる。

「食事は残さないように言いつけられて育ったの」

「残すどころか余計に食べてるじゃないの！」

「せっかく作った料理が残ったら可哀想じゃない？　残さず食べるのが、料理人に対する礼儀よね？」

「嘘くさい心配なんかしてんじゃないわよ！」

用意された食事は、貴族用ではなく使用人たちが食す物だった。

それでもマリエにとっては十分に立派な料理であり、冷遇されていると感じなかった。

太々しいマリエに、ステファニーは悔しそうな顔をしていた。

もっと怯え、食事も喉を通らないマリエの姿を見たかったのだろう。

「本当に苛立たせてくれるわね。――まぁ、いいわ。あのリッキーと結婚しないといけないだけでも、罰ゲームみたいなものだしさ」

結婚を罰ゲームと捉えているステファニーに、マリエは辟易していた。

（いや、まぁ確かに結婚は運の要素が強いけどさ。自分の兄貴に罰ゲームは言い過ぎ？　いや、リッキーなら確かに罰って感じがするわね。これって前世の罰かしら？）

前世の因果が今になって巡ってきたのだろうか？　などとマリエが考えていると、ステファニーが言う。

「あんたが私の婚約者に手を出すのが悪いのよ。ブラッド様は、あんたみたいな女を相手にしないの。でも、手を出したお仕置きって必要でしょ？」

キヒヒッ、と笑っているステファニーを見てマリエは思う。

(そっちかぁぁぁ!!　確かにまずかったけど、かなり恨まれているわね)

前世云々よりも、今世で婚約者のいる男子に近付いたのがまずかったと言われ、マリエは内心で納得した。

マリエはステファニーを前に、微妙な表情をして謝罪する。

微妙な表情をしてしまうのは、今後を知っているため不憫に思えてくるからだ。

「えっと――ごめんね？」

「今更そんな謝罪で許すと思うの？　というか、なんで妙な顔をしているの？　気持ち悪いんだけど」

マリエの可哀想なものを見る目に、ステファニーは困惑している。

カーラがステファニーに声をかける。

「お嬢様、そろそろお時間ですよ」

「言われなくてもわかっているわよ！」

「し、失礼しました」

カーラが一歩下がって顔を伏せる姿を見て、マリエは二人の関係を察する。

(取り巻きって言ってもやっぱり人間よね)

カーラが一瞬だけ見せたのは、ステファニーに対する憎悪の込められた瞳だった。

それにステファニーは気付いている様子がない。

むしろ、ステファニーがカーラに向ける視線や態度は別のものだ。

言葉や態度は乱暴で冷たいのだが、僅かに見せる仕草をマリエは見抜いた。

(こいつもしかして――)

前世で夜職をしていた経験のおかげである。

ステファニーが部屋を出る前にマリエに言う。

「今の内に強がっていなさい。すぐにあんたの恋人が大変な目に遭うから、その時は教えてあげる」

リオンの話題にマリエは驚いて目をむいた。

その様子が面白かったのか、ステファニーは笑いながら部屋を出て行く。

ドアが閉められると、マリエはため息を吐く。

「あいつに手を出すなら、私が我慢した意味がなくなるじゃないのよ。これからどうするのよ」

ゲームシナリオが自ら崩壊に向かっているような気がしてならない。

そして、マリエは呟く。

「――可哀想な奴」

◇

結婚式当日の朝。

ウィングシャーク空賊団の空賊船たちが、オフリー家の空域にて艦隊行動をしていた。

その数は全戦力である八隻だ。

一番大きな二百メートル級の空賊船には、ウィングシャーク空賊団を率いるお頭と呼ばれる男がいた。

左目に眼帯をした巨漢であり、鍛えられた肉体をしている。

褐色肌でいかにも空賊という風貌の男である。

自分のために用意した船室には、これまで奪ってきた高価な調度品が置かれている。

部屋の隅には宝箱が開いた状態で置かれているが、そこには無造作に金銀財宝などが放り込まれている。

空賊船には不釣り合いな妙齢の美女が、お頭に酒瓶を持って近付いてくる。

お頭の近くに置かれたグラスに、琥珀色の酒を注いだ。

「オフリー家も頼りないわよね。万が一に備えて、あたしらに護衛を頼むなんてさ」

お頭がグラスを手に取り、笑みを浮かべながら答える。

「プライドよりも銭勘定が大事な連中だからな。たっぷりと前金をもらったんだ。精々、結婚式の間は大人しく護衛をしてやるさ」

美女が胸の下で腕を組む。

「けど、本当に結婚式に乗り込んでくる奴らがいるのかい？」

お頭は酒を一気に飲み干し、美女に答える。

「さぁな。だが、王都に潜伏させていた幹部のダドリーを倒した奴がいる。オフリー家のお嬢様が、そいつの恋人を無理矢理奪ったって話だ」

マリエのリッキーとの結婚は、リオンへの意趣返しでもあった。

美女が眉根を寄せる。

「ダドリーをやったなら、相当の手練れじゃないのかい？」

「だとしても、俺が負けるわけがないだろ？　何しろ俺にはアレがあるんだからよ」

「確かに、お頭に勝てる奴はいないだろうさ」

心配する美女の腰にお頭が手を回そうとすると、伝声管を通して部下の慌ただしい声が聞こえてくる。

『大変だ、お頭！』

お頭は舌打ちをすると、美女から離れて船室を出て艦橋へと向かった。

◇

「どこの馬鹿が俺たちに攻撃を仕掛けてきた？」

お頭が艦橋に到着すると、空賊団の進路方向を塞ぐ形で飛行戦艦が並んでいた。

一隻は立派な飛行戦艦だが、残りは随分と古い旧式に見える。

その数は五隻。

家紋を艦体に描いているため、すぐに貴族だと気付いた。

だが、ホルファート王国でも有名な空賊団である自分たちを相手にするには、戦力が足りない。

「――あの程度の数で俺たちとやり合おうっていうのか？　血気にはやる若いお貴族様たちが、手柄欲しさに喧嘩を売ってきたのか？」

お頭が呆れかえっていると、くたびれた感じの副長が近付いてくる。

「そいつはねーよ、お頭。一番立派な飛行戦艦の家紋だが、オフリー家から事前に教えられたバルトファルト家の家紋だ」

お頭が二百メートルという大きな飛行戦艦を睨み付け、はためく旗やら艦体の家紋を見る。

確かに、バルトファルト家の家紋だった。

「ダドリーをやった野郎が乗っているのか？」

幹部を捕らえられた恨みを思いだし、お頭は口調が穏やかではなくなる。

付き合いの長い副長は、落ち着いた様子で頭をかいていた。

「確認はしていないが、恋人を奪われたから取り返しに来たんだろ？　乗っているとは思うんだが――もう少しマシな戦力を用意できないものかね」

副長は「これだと倒してもうまみが少ない」とぼやく。

目の前の艦隊は、自分たちにとっては獲物だという認識だ。

それはお頭も変わらない。

「精々、バルトファルト家の飛行戦艦くらいか？　あれなら高く売れそうだな」

舌舐めずりをするお頭を見て、副長は肩をすくめる。

「お頭自ら鎧で乗り込むつもりか？」

「当たり前だ。ダドリーの野郎が負けたのはどうでもいいが、ウィングシャーク空賊団の旗に泥を塗る行為は許せねぇ。――俺の手でバルトファルトのガキをねじ切ってやるぜ」

お頭の言葉に、副長は呆れつつも周囲へ指示を出す。

「お頭が出るぞ。お前らも気合いを入れろよ」

◇

バルトファルト家の飛行戦艦の甲板には、八機の鎧が並んでいた。

その内の一機――頭部に隊長機とわかる飾りを付けた鎧に乗り込むのは、今回の戦いが初陣となるニックスだった。

「空賊たちはどれだけ鎧を持っているんだよ!?」

苦々しい顔をしているのは、空賊たちへの怒り――そして、戦いへの不安からだった。

周囲にいるのは、ニックスが幼い頃から知っている騎士たちだ。

とは言っても田舎の騎士たちだ。

誰もが想像する騎士像とはかけ離れており、割と気安い連中だった。

「ニックスの坊ちゃん、あまり前に出すぎないで下さいよ」

「リオン坊ちゃんみたいな無茶なことだけはしないで下さい」

「そうすりゃあ、後は俺たちがフォローしますんで」

髭面《ひげづら》の中年男性たちが、これから戦いに出ようとしているのに笑っていた。

ニックスは呆れかえる。

「いつまで坊ちゃん付けで呼ぶんだよ！　ほら、全員空に上がれ！」

(こいつら本当に大丈夫なのか!?)

地元で親しい者ばかり。

だらしない普段の姿を知るニックスは、彼らが戦場で活躍する光景がまったく浮かんでこなかった。

鎧の胸部ハッチが閉じると、慣れ親しんだ顔が見えなくなる。

ニックスは狭いコックピット内で、一度だけ深呼吸をする。

不安を感じながら空に上がると、味方の飛行戦艦からも鎧が上がってくる。

ただ、どれも旧式ばかりである。

修理跡が目立つボロボロの鎧ばかりを見ていると、お仲間の財政状況を察してニックスは申し訳なくなってくる。

それに引き換え、自分たちが乗るのはリオンが――ルクシオンが用意した新品と思われる鎧だった。

どこから入手したのか知らないが、随分と性能がいい。

それでも、八機しかないのが不安である。

「リオンの奴、友人たちまで巻き込んで本当に大丈夫なのか？　こんな大物空賊団を相手に俺たちでやれるのかよ」

◇

鎧に乗り込んだお頭は、出撃してきたバルトファルト家の鎧を見て勝利を確信する。

「数は八――程度は良さそうだが、他の連中は完全にお荷物だな。だったら、先にお前らから落としてやるぜ！」

お頭の乗り込む鎧は、周囲と比べて一回りも大きかった。

サイズが大きくなればそれだけ動きが鈍くなる、というのがこの世界の常識だ。

しかし、お頭の乗り込んだ鎧は大型ながらも軽快に動いている。

分厚い鉄板のような大剣を片腕で振り回すパワーを持ち、左手にはライフルを所持している。

追加装甲まで取り付け、お頭の趣味で刺々《とげとげ》しい飾りまで用意されていた。

空賊が乗っている鎧である、と一目でわかる外観だ。

部下たちが次々に敵鎧へと襲いかかる中、お頭は頭部に飾りのついた鎧に目を付ける。

「てめぇが隊長機か。狙うなら頭からだよな！」

ライフルの引き金を引きながら、飾りのついた鎧へと突撃していく。

十分に接近したところで、右手に持たせた大剣を振りかぶる。

「俺の前に出てきたのが、お前の不幸だぜ」

笑みを浮かべながら、振り下ろされた大剣で目の前の鎧が潰れる姿を想像していた。

だが、直上から声がする。

『狙うなら隊長機――頭から、か？　俺も賛成するよ』

「あん？」

コックピット内で顔を上げると、鎧の頭部も連動して上を向いた。

そこに見えたのは、お頭の乗る鎧よりも更に大きな――黒と灰色のカラーリングの鎧だった。

現在主流となっているスマートな鎧とは違い、太くて重厚感のある姿をしている。

コンテナが三つ連結されたようなバックパックがあるため、余計に大きく見えていた。

何より驚いたのは――鈍重に見える鎧が、とんでもないスピードで迫ってくる事だ。

「くっ!!」

慌てて後退すると、目の前を大きな鎧が通り抜ける。

そのまま下方を見れば、落下した黒い鎧が急激に進行方向を変えてお頭の後方に回り込もうとしていた。

「まさか黒騎士!?　いや、違う。あの爺がこんな戦場に出てくるはずがない」

一瞬思い浮かんだのは、絶対に会いたくない存在だ。

空賊たちばかりか、騎士たちですら震え上がらせる存在――黒騎士だ。

だが、少しだけ冷静さを取り戻すと、黒い鎧の正体にたどり着く。

アロガンツ――空賊団の幹部であるダドリーを倒した鎧だ。

乗っているのはリオン・フォウ・バルトファルト。

「小僧が黒騎士の真似事なんてしやがって!! 俺に勝てると思っているのか!!」

興奮から声が大きくなると、唾を吐き散らしていた。

お頭の乗り込む鎧に変化が起きる。

コックピット内に持ち込んだ箱が光り始めると、お頭の鎧がうなるような音を立てた。

魔力動力炉が過剰にエネルギーを供給し、パワーを上げていく。

スピードを上げたお頭の鎧が、アロガンツを追いかける。

「てめぇは俺の手でぶっ潰してやる!」

逃げるアロガンツ目がけて、お頭の鎧はライフルの銃口を向けた。

銃口に収束するのは、コックピット内の箱からあふれ出た魔力である。

魔力が収束し、魔法陣が展開された。

そこから放たれるのは、鋭く尖った石だった。

土属性の魔法で作られた石が、ライフルから発射される弾丸の速度で何百、何千と放たれる。

お頭が空賊として成り上がってこられたのは、この力があるためだ。

「こいつでお前も蜂の巣だぁぁぁ!!」

次々に撃ち出される石の弾丸は、数も多く避《よ》けきれないためアロガンツに直撃する。

一発、二発――何十発と命中する。

しかし、アロガンツは無傷のままだった。

コックピット内でお頭は興奮が冷め、徐々に恐怖心が大きくなってくる。

「何で落ちないんだよ！　何で!?」

アロガンツが迫ってくる。

『悪いな――こいつは俺の相棒が用意した特別製なんだよ』

アロガンツが接近して左腕を伸ばしてくるので、お頭は大剣を振り下ろした。

「何が特別だ！　俺だって特別なんだよぉぉぉ!!」

ほとんど錯乱していたが、それでも振り下ろした一撃には渾身の力が込められていたはずだ。

操縦していたお頭ですら、これまでにない手応えを感じていた。

しかし、大剣はアロガンツの肩にぶつかると、多少の傷を与えただけで粉々に砕け散ってしまう。

その光景を見ていたお頭は、声も出なかった。

ただ、砕けた大剣の破片が飛び散る光景が、何故かスローに見えていた。

『お前の特別は返してもらうぞ。そいつは――オリヴィアさんの物だ』

アロガンツがお頭の鎧を掴むと、左手が輝いた。

お頭の記憶はそこで途切れる。

# 第09話「オフリー伯爵領」

アロガンツが甲板に降り立つ。

降りた先はパルトナーではなく、バルトファルト家の飛行戦艦だ。

甲板の上には、捕らえられた空賊たちが拘束されていた。

「兄貴無事か!?」

ニックスの心配をしてハッチが開いた際に声を上げると、不満そうな顔をした本人が俺の方に近付いてくる。

「人を囮にしておいてよく言うぜ」

ニックスの無事な姿を見て、俺は安堵のため息を吐いてから憎まれ口を叩く。

「ちゃんと助けただろ?」

ニックスは頬を引きつらせていた。

「減らず口ばかり叩きやがって。——それより、もう行くのか？　俺たちはしばらく動けないぞ」

周囲を見れば、味方が空賊船を鹵獲《ろかく》していた。

バルトファルト家から連れて来た騎士たちだが、普段は頼りなくだらしない奴らばかりだと思っていた。

しかし、戦場では頼りになるらしい。

誰一人欠けることなく、空賊たちを捕らえていた。

親父曰く歴戦の猛者《もさ》たち、というのは本当の話だったようだ。

今は空賊たちを縛り上げており、後始末でしばらく動けそうにない。

だが、兄貴も彼らも十分に役目を果たしてくれた。

俺からすれば予想外にありがたい話である。

「手は打ってあるから大丈夫だよ。ローズブレイド家が手を貸してくれる手はずになっているからね」

ニックスはローズブレイド家と聞いて、何とも言えない顔をしていた。

安堵しているような、それでいて心配しているような顔だ。

「お前が頼ったのが、まさか〝あの〟ローズブレイド家だとは思わなかったよ」

何やら思うところがあるらしい。

確かにニックスと同学年のディアドリー先輩は個性的だが、ローズブレイド家には何かあるのだろうか？

「何か含みがある言い方だな」

「悪い人たちじゃないとは思うけど、色々と噂があるからな。おっと、それよりも急いだ方がいいんじゃないか？」

俺は肩をすくめてコックピットのハッチを閉じる。

すると、ニックスが手を振っていた。

『マリエちゃんを助けて来いよ！』

アロガンツがゆっくりと甲板から浮き上がり、そのままオフリー家の浮島を目指して速度を上げていく。

コックピットの中では、ルクシオンが俺のサポートをしている。

『予定よりも時間を浪費しましたね。だから、空賊たちは私の本体で殲滅《せんめつ》すると提案したのです』

「アロガンツだけでも過剰戦力だろうに。それに、お前を出して殲滅なんて寝覚めが悪いだろうが」

『理解できません。交戦中に敵を殺傷して罪に問われる法律など、王国には存在しませんよ。あのお頭——空賊のリーダーも殺さずに捕らえようとするから、面倒なことになったのです。キーアイテムさえ手に入れれば、彼の生死に価値はありません』

「法律じゃなくて、俺の心の問題だ」

ルクシオンがいれば、空賊たちなど文字通りすぐに消滅させられただろう。

だが、あまりに過剰すぎる。

圧倒的な力で大勢を殺すというのは——俺としては気分が悪い。

それに、なるべくなら今だけは殺しという選択肢を選びたくない。

一度殺しを行えば、次からは殺しに対して抵抗が薄まっていく。

それだけは嫌だ。

将来的に避けられないにしても、今は選びたくなかった。

「ルクシオン、お前は大量虐殺に思うところはないのか？」

『――新人類は人間ではありません』

それはつまり、大量虐殺を行おうと問題ないという意味だろう。

――俺は相棒にも大量虐殺なんてして欲しくないんだけどな。

◇

オフリー伯爵領である浮島では、跡取りであるリッキーの結婚式が行われているため領民たちには祝日が与えられていた。

城下町では祭りが開かれ、広場には屋台や大道芸人たちが集まり賑わいを見せている。

だが、祭りに参加する領民たちは怪訝《けげん》な顔をしていた。

その理由は、オフリー家の兵士たちが武装して警備をしているためだ。

物々しい様子に困惑している領民たちも多い。

そのため、祭りの盛り上がりは微妙だった。

「本当に結婚式なのか？」

「さっき、兵士たちが怪しい奴らはいないか聞き込みをしていたぜ」

「噂で聞いたが、リッキー様の結婚相手には学園で恋人がいたらしいぜ」

「略奪婚か？　学園と言えば、相手もお貴族様だろうに」

「奪い返しに来るんじゃないか、って警戒しているんだろ」

口々に噂をする領民たちを見て、兵士の一人が声を荒らげて注意する。

「そこ、変な噂を流すな！　お前たちは祭りに参加していればいい！」

高圧的な態度の兵士たちに、領民たちは怯えてコソコソと逃げていく。

オフリー家の本質は、貴族ではなく商人だ。

そのため、他の領地よりも領民たちを厳しく管理している。

税に関しても他の領地よりも重く、更に厳しく取り立てをしていた。

領民たちに人気があるはずもない。

そんな城下町の広場に、何やら爆発音が聞こえてくる。

祭りの開始を知らせる花火とも違う火薬が炸裂する音に、領民たちは顔を上げてキョロキョロと当たりを見渡した。

「さっき爆発音が聞こえなかったか？」

「今の音は大砲じゃないか？　いや、小さい音もするな」

「発砲音だ！　銃の発砲音！」

銃声だと知るやいなや、領民たちは広場から蜘蛛《くも》の子を散らすように逃げていく。

兵士たちが上空を見上げれば、騎士たちが乗っている鎧が飛んでいた。

どこかに向かって飛んでいる姿に、敵が来たのを兵士たちも察する。

見張り台に登った兵士たちが、遠くを見ながら広場にいる兵士たちに状況を大声で知らせる。

「飛行戦艦だ！　数は、た、沢山!?　敵は――薔薇《ばら》に剣!?　ローズブレイドだ!!」

ローズブレイド家の家紋を確認した兵士たちは、顔から血の気が引いていた。

オフリー家と敵対している貴族が攻めてきたのだから、激しい戦闘が起きると簡単に予想できてしまったからだ。

兵士たちを束ねる隊長が、持っていたライフルを握りしめる。

「何でこのタイミングで敵が動くんだよ!?」

叫んだ隊長の側にいた若い兵士が、空を指さした。

「隊長！」

兵士たちの視線が空へと向かうと、そこでは黒い鎧がオフリー家の鎧と戦っていた。

◇

『やっぱり取り返しに来たか、成り上がりの男爵が!!』

オフリー家の騎士が乗り込む鎧が、自分たちの都市上空だろうと関係なくライフルを発砲してくる。

本拠地であるため、敵の鎧は次々に空へと上がって来ていた。

「次から次に面倒な連中だな」

『マスター、あまり時間がありません。中央突破後は、ローズブレイド家の戦力に任せるべきでしょう』

「それもそうだな」

俺が先陣を切って敵の本拠地に一番乗りした理由は、戦闘による被害を減らすためだ。

マリエを助けに来たのに、戦闘に巻き込まれて怪我《けが》でもされたら後で文句を言われるに決まっている。

「さて、マリエを助ける前にアロガンツで暴れるとしますか」

『暴れると言いながら、ほとんどの装備を使用できないのは問題ですね』

「街中でアロガンツの銃火器を使用したら、被害が大きくなるだろうが」

ルクシオンとの雑談を行いながら、操縦桿を動かしてフットペダルを操作する。

空を自在に飛び回る鎧という兵器は、基本的に単純な構造をしている。

大地を浮かせる浮遊石と呼ばれる石がある。

こいつと魔力動力炉を繋いで、エネルギーを供給して浮力を調整している。

後は進みたい方向にエネルギーを加えればいい。

前世のように戦闘機などの空力を考えた姿ではなく、人型を選んだのは操縦のしやすさが大きい。

操縦に魔力を使用するため、どうしても人の姿に近い方が馴染みやすい。

また、魔力で防御フィールドを展開できるため風圧を軽減できてしまう。

本来は普通の全身鎧を軽くして扱いやすくする技術だったが、それが発展して鎧部分が大きくなって今の形になった。

現在の鎧とは、騎士にとっての武具であり馬だ。

『被害を最小限にする事で、マリエの生存率が上昇するなら喜んで協力しましょう』

「最初からそう言えよ」

アロガンツが丸腰のまま敵鎧へと近づき、右手で頭部を握り潰しながら引き千切る。

頭部と胸部ハッチを失い、パイロットの姿が丸見えとなった。

敵パイロットは怯えた顔でアロガンツを見ていたので、そのまま地面に軽く蹴落としてやる。

周囲から次々に弾丸を浴びせられるが、無傷で動き続けるアロガンツに痺れを切らしたのか剣と盾に持ち替えた鎧が前に出てきた。

白をベースに装飾は金という派手な鎧は、アロガンツに斬りかかるとそのまま押してくる。

『こんなことをしてタダで済むと思うなよ。ローズブレイド家が味方になろうとも、王国は我らに味方をする！』

攻め込んできた俺たちの方が罪人だと言ってくる騎士に、俺は笑いながらアロガンツを操作した。

両手を広げたアロガンツが、派手な鎧を抱きしめると――そのまま押し潰していく。

べきべきと音を立てる鎧に、騎士が慌ててコックピットを飛び出していた。

アロガンツで広場に降下すると、抱き潰した鎧を放り投げる。

騎士は広場の噴水に落ちたようで、どうやら怪我もないようだ。

そいつに向かって俺は大事な話をする。

「俺がそんなミスをすると思うのか？　お前たちが空賊と繋がっている証拠は既に手に入れているんだよ。王都でもローズブレイド家が動いてくれている。もう陛下の耳にも、お前たちの悪行は伝わっているんだよ」

悪役のように笑いながら教えてやると、噴水に落ちた騎士が奥歯を噛みしめ悔しそうな顔をしていた。

ルクシオンが俺に注意してくる。

『敵鎧が降下してきますよ』

「戦斧とロッドを出せ」

『はい、マスター』

バックパックのコンテナから放出されるのは、戦斧とロッド――棒だ。

両手にそれぞれを握ったアロガンツが、戦斧とロッドをつなぎ合わせて槍にする。

降下してくる敵鎧に向かって振れば、手足を切断していた。

手足を失い、バランスが悪くなった敵鎧が降下した勢いのまま地面にぶつかり転がっていく。

アロガンツが槍を右手に持って構え、左手で敵を煽るように手の平を上に向けて指を動かしてやった。

「かかって来いよ、オフリー家の雑魚共が!!」

俺の挑発に敵鎧が次々に襲いかかってくると、ルクシオンが呆れた声を電子音声で再現する。

『マスターは悪趣味ですね』

次々に手足、時には頭部を斬り飛ばし、鎧は広場に落としていく。

積み上がっていくオフリー家の鎧の残骸たち。

「俺に喧嘩を売るって意味を教えてやるよ。俺は——喧嘩をする時は外堀から埋めるのが好きなタイプだ！」

七機目だろうか？　敵鎧を叩き落とすと、ルクシオンが訂正してくる。

『普段から段取りを整えて行動して頂ければ、私もフォローが楽になるのですけどね。こういう時だけ真剣に物事に取り組むのは感心しませんよ』

こいつは主人を責めないと会話ができないのだろうか？

# 第10話「結婚式に殴り込み」

結婚式の会場。

マリエはこれまでの経緯を思い返しながら、心の中で呟く。

(助けてよ、お兄ちゃん)

助けを求めるのは前世の兄――手放しで素晴らしい兄と褒め称える事はできない人だったが、マリエが大変な時はいつも手を貸してくれた。

ピンチの時には助けてくれる自慢の兄だった。

少々やり過ぎる傾向が問題でもあったが、前世の兄がいたならばこの状況でもきっと助けてくれたのではないか？

そんな風に思えてくる。

この世界に存在しない兄に助けを求める自分に、マリエは妙な気分になった。

(二度目の人生でも、私は兄貴に頼ってばかりね。本当――馬鹿みたい。私が追い込んで死なせたようなものなのに)

前世で兄を死に追いやった――マリエも兄に対しては「確かに無茶な注文はしたけど、そこまでするとは思ってねーよ！　というか、社会人なんだから自重しろよ！」と言いたいことも沢山ある。

（今にして思うと、兄貴って死に方が情けないわよ。本当に馬鹿なんだから——そんな馬鹿な兄貴に助けを求める私も大概だけどさ）

俯いて自嘲する。

涙がこぼれた。

ベールで隠れているから周囲にはわからないが、涙が止めどなく流れてくる。

いないはずなのに——どうしてもマリエは声に出して呟いてしまった。

「助けてよ——お兄ちゃん」

マリエの呟き声は小さくて、リッキーと神官には聞こえていなかった。

妙に外が騒がしくなっていたのも原因だ。

マリエは気にかける余裕もなかったが、式の最中に武装した騎士が駆け込んでくる。

騎士はオフリー伯爵の側に来ると膝をついた。

オフリー伯爵が式を邪魔されて忌々しそうにしているが、騎士はそれどころではないらしい。急いで何やら報告をしている。

ざわざわとした声が大きくなり、式が一時的に中断されたタイミングで——式場の両開きのドアが勢いよく開け放たれた。

すると、懐かしい待ち望んだ声と台詞が聞こえてくる。

「その結婚、待ってもらおうか！」

会場中の視線が入り口へと向かった。

結婚式の最中に青年が殴り込んできた。

まるでドラマのワンシーンのような展開だったが、マリエにはベール越しにとても不思議な光景が見えていた。

ベールと涙でぼやけた青年の姿が――前世の兄に見えた。

「――お兄ちゃん？」

マリエは慌ててベールを外して涙を拭い、前世の兄の姿を凝視すると――そこに立っていたのはリオンだった。

「あ、あんた、何をしに来たのよ!?」

ベール越しとは言え、リオンの姿を前世の兄と誤認していた事が恥ずかしくなる。

マリエは動揺しながらも、リオンに怒鳴って改めて姿を確認する。

先程はドラマのワンシーンのようだと思ったが、よく見るとリオンの恰好は無粋だった。

鎧に乗り込む際のパイロットスーツ姿に加え、その手には突撃銃が握られている。

近未来的な外観をしているので、きっとルクシオンがリオンのために用意したのだろう。

リオンの後ろを見れば、武装した騎士や兵士たちの姿がある。

彼らの防具には薔薇と剣が描かれた家紋があり、それが貴族の私兵である事を示していた。

全員がライフルを構えていて物々しい。

ドラマのように颯爽と駆けつけ、マリエの手を握って逃げるという展開は期待できそうになかった。

そもそも、リオンはこの場でうすら笑いを浮かべている。

マリエが期待するような展開は望めそうになかった。

「悪いが結婚式は中止してもらう。そもそも必要がないからな」

式場に武装した兵士たちを連れて侵入してきたリオンに対し、憤慨するのはオフリー家やラーファン家の親族たちだった。

「本当に乗り込んでくるとは！」

「護衛は何をしている⁉　衛兵たちはどうした⁉」

「その連中を摘まみ出せ！」

すぐに追い出せと騒ぎ出す客たちだったが、リオンは動じた様子がない。

予め用意していたと思われる数枚の書類を取り出し、この場にいる全員に見せつける。

その書類には王家の紋章が見える。

「動くな！　こっちは王宮の許可を得ているんだ。お前らがいくら騒いだところで手遅れだよ。正義は我にあり、ってね」

王宮からの書類を盾にして、リオンはこの場に乗り込んできた。

両家の関係者たちも驚き、困惑すると近くの者たちと顔を見合わせている。

すると、マリエの側にいた新郎のリッキーが、眉間に皺《しわ》を作って怒鳴る。

「王宮だと？　そんなの嘘っぱちだ！」

興奮するリッキーに対して、リオンは落ち着きながら反論する。

「偽物の書類でこれだけの騒ぎを起こすかよ。ちゃんと許可も得たから、こうして武装して乗り込んだんだ」

ニヤリと笑うリオンに対して、リッキーは気圧《けお》されたのか一歩後ろに下がった。

「あ、あり得ない。僕の家がどれだけ——どうして許可が出るんだ!?」

狼狽するリッキーの姿が面白かったのか、気分の良いリオンはどのように許可を得たのか経緯を話し始める。

「いくら証拠を手に入れて王宮に報告しても、どこかで握り潰されているみたいだったからな。ちょっとばかり伝手《つて》を頼って、直接偉い人に報告させてもらった。そしたらすぐに許可がもらえたわけだ」

ヘラヘラしているリオンを見て、血の気の引いた顔をしていたのはオフリー伯爵だった。

「馬鹿な!? その程度で王宮が我らを切り捨てたというのか?」

信じられないという顔をしているオフリー伯爵だったが、リオンは腹立たしいのか目を細めて睨んでいた。

「随分と王宮内に味方がいるみたいだな。これまで、散々悪事をもみ消してきたんだろうが、今回は誰も助けてくれないぞ」

「ぐっ!?」

悔しそうにするオフリー伯爵だったが、何を思ったのかハッとした顔をする。

そして、急に笑みを浮かべた。

「これで勝ったと思うなよ、小僧! いくら王宮の許可が出ようと、このような暴挙は他の貴族たちが黙ってはいないぞ」

まだ巻き返せると思っているオフリー伯爵に対して、リオンはハッキリと告げる。

「フランプトン侯爵を頼るつもりなら諦めるんだな。お前たちとの関係を問い詰めたら、無関係だと答えたよ。――空賊と繋がるような者たちは貴族と呼ぶに相応しくない。好きにして構わない、とね」

自分たちの後ろ盾であるフランプトン侯爵の名前が出た驚きと、同じ派閥の味方から切り捨てられたと知ったオフリー伯爵は唖然としていた。

現状を理解したくないのだろう。

ただ、リオンの話を聞いたオフリー家の関係者たち全員が狼狽《うろた》えている。

マリエの視線が周囲を巡ると、その際にステファニーの姿が見えた。

リオンを見て立ち尽くしている。

「う、嘘――何でこんなことになるのよ。だって――冒険者からの成り上がりで――こんな事ができるわけない」

リオンが策略を巡らせてオフリー家を追い込むなど、ステファニーは予想していなかったらしい。

何しろ、リオンは冒険者として成り上がった男子である。

腕っ節自慢の若者だとは知っていたが、策略まで得意だとは思わない。

まして、王宮内の権力争いは地方の男爵家が乗り込んできてもどうにもならない。

リオンにこの手の才能があるなど、誰も想像し得なかった。

混乱しているステファニーが、倒れ込む際にすがった先は――側に置いていたカーラだった。

だが、カーラはすがりついてきたステファニーを払いのける。

「カーラ？　あ、あんた誰に向かって！　散々、目をかけてやったのに！」

「何が目をかけてやったよ！　もう何もかも終わりよ。いい加減に気付きなさいよ。あんたのせいで、私まで巻き込まれたじゃないの！　あんたたちのせいで――」

手を伸ばすステファニーに、涙を流すカーラは震えながら言い放った。

自分たちの未来を想像して、貴族として先はないと悟ったのだろう。

カーラに拒絶されて絶望したステファニーから、マリエは顔を背ける。

二人の関係も気になるが、今は気にかけている余裕がなかった。

リオンが真剣な表情になると、アサルトライフルを構えた。

式場内の空気が一変し、緊張感が増してくると冗談が通じるような雰囲気ではなくなった。

そして、リオンが告げる。

「オフリー伯爵とラーファン子爵にはご同行願おう」

マリエの父親が名を呼ばれると、目をむいて驚いた。

「何故だ――何故私までもが捕らえられる!?　私はこいつらとは無関係だぞ！」

オフリー家の者たちを「こいつら」呼ばわりするラーファン子爵に対して、リオンは証拠を提示しながら理由を述べる。

「オフリー伯爵との間で密約を交わしたのが理由だ。借金の肩代わりを条件に、空賊の件で協力すると約束したそうじゃないか。一緒に荒稼ぎするつもりだった癖に、逃げられると思うなよ」

マリエは「えっ!?」と驚いて父親の姿を見た。

密約があったのは事実だったのか、椅子に崩れ落ちるように座り込んでいた。

周囲にいたマリエの家族たちも一様に動揺しており、事情は知っていたらしい。

マリエは嫌悪感をあらわにする。

「ここまで腐っていたなんて」

マリエの声が聞こえると、ラーファン子爵は顔を上げてリオンに媚び始める。

「そうか。こいつを取り戻すためにここまで——だ、だったら、こいつとの結婚を認めてやる。だから、私たちのことは見逃してくれ！　頼む！　この娘が欲しいのだろう？　好きにしてくれていいから！」

リオンがこの場に乗り込み、オフリー家を追い詰めた原因はマリエである、とでも思っているのだろう。

だから、マリエと結婚させてやれば見逃してもらえる、と。

マリエは腸が煮えくりかえる思いだった。

(何なのこいつ？　私の幸せをぶち壊しておいて、今度は私を利用して自分たちだけ逃げるつもりなの？)

普段は偉そうにしている癖に、今はリオンに命乞いをしていた。

情けない父親の姿を見て、殴ってやろうとマリエが一歩踏み出す。

「いい加減に――へっ!?」

後ろから抱きついてきたリッキーの腕が、マリエの首を締め付けた。

リッキーは目を血走らせている。

「う、動くな！　この女がどうなってもいいのか！　一歩でも動いたら、この首をへし折ってやるからな！」

「放して！　放しなさいよ、この野郎！」

マリエは抵抗するのだが、体勢が悪くて振りほどけない。

リッキーは体も大きく、そして興奮しているため普段よりも力が出ているらしい。

マリエでも振りほどけなかった。

兵士たちがライフルの銃口をリッキーに向けているが、マリエを盾にしているため発砲できずにいた。

リッキーはマリエを人質に、リオンと交渉を行う。

「こんな女を取り戻すためにご苦労なことだ。そもそも僕は、こいつに興味なんてない。欲しければくれてやる。だが――僕を逃がすのが条件だ」

リッキーは自分だけでも逃げるつもりでいるらしい。

捕まったマリエには、リオンが少し苛立っているように見えた。

リオンが先程よりも低い声で返答する。

「悪いが、一人残らず捕らえるように命令されている。特にお前は嫡男だから見逃すことはできない」


淡々と受け答えをしているが、怒っているようだ。

静かに怒るその姿に、マリエは前世の兄を思い出した。

まるで同一人物のように、マリエの中でリオンと前世の兄の姿が重なる。

(嘘!?　まさか本当にリオンが――)

そう思った時だ。

リオンが左手を挙げて振り下ろすと、天井に穴が開いて細い光がリッキーの肩を焼いた。

「つあ！」

痛みに顔を歪《ゆが》めたリッキーがマリエから腕を放し、自分の肩に手を置くと苦しんでいる。

「い、痛い。だ、誰か助けて！」

うずくまり泣き出したリッキーから逃げて、マリエはリオンに駆け寄った。

「リオン！」

リオンはアサルトライフルの銃口を下げ、呆れつつもどこか嬉しそうな顔をしながら言う。

「結婚がぶち壊され嬉しそうじゃないか。やっぱり、納得してなかったな」

マリエはリオンの顔を直視できず俯く。

「ご、ごめん。あ、あのね――」

会話を遮るように、ルクシオンが天井から降りて来た。

『マスター、作戦が次の段階へ移行しました』

リオンがアサルトライフルを肩に担ぎ、振り返って周囲に命令を出す。

「よし、それならこっちもさっさと終わらせるか。今日は他にもやることがあるからな。関係者を捕らえたら、すぐに次に向かうぞ」

結婚式を止めて終わりではないのか？　マリエは首をかしげる。

「もう終わったんじゃないの？」

そもそも、リオンたちが神殿に乗り込んできた時点で戦いは終わっているようなものだ。

まだ続きがあるのかと尋ねるマリエに、リオンは意地の悪い笑みを浮かべた。

「実は王宮との間で取引があるんだよ」

「取引？」

「オフリー家の領地って浮島だろ？　王宮としては管理が面倒だから、俺たちの取り分にしていいって言うんだよ」

大陸中央を支配している王家にとって、オフリー家から奪い取った浮島の管理は面倒極まりないようだ。

オフリー家の関係者——家臣たちも空賊との繋がりがないとは言い切れない。

そのため全員を排除するのだが、そうなると管理が非常に面倒だ。

「え？　この浮島ってリオンがもらえるの？」

マリエの発言に、リオンが深いため息を吐く。

「王宮がそこまで親切なら苦労しないって。お前の実家であるラーファン子爵家は本土に領地があるだろ？　そこも攻め取るんだけど、ラーファン子爵家の借金を肩代わりして土地を王家に献上するなら好きにしていいとさ」

つまり、王宮が欲しいのはラーファン子爵家の土地のみ。

ラーファン子爵家の莫大な借金を肩代わりしてくれるなら、オフリー家の浮島はリオンたちに渡すという取引内容だった。

借金の返済に使用するのは、オフリー家の財産になるのだろう。

ルクシオンが補足をする。

『王国が欲しいのは、オフリー家が溜め込んだ財ですからね。ちなみに、ラーファン子爵家の領地にはマスターの兄君が向かっておりますので、すぐにでも制圧できるでしょう』

リオンが他の協力者たちについても話をする。

「お前を助けたいって言って、貧乏男子グループも総出で参加しているからな。みんな今頃は張り切って、お前の実家に攻め込んでいるんじゃないか？」

「――うん？　それって私の実家が滅ぶって意味よね？　ちょっと待って、何だか複雑な気分なんですけど!?」

助けられた事は嬉しいが、実家が攻め込まれていると聞いて複雑な気分になるマリエだった。

# 第11話「薔薇と剣の人たち」

国内の貴族同士による内戦は、ローズブレイド家とバルトファルト家を中心とした男爵家グループの勝利に終わった。

今後製作されるホルファート王国の地図には、オフリー家とラーファン家の名が記載されることはない。

ラーファン子爵家の領地は一時的に王家の直轄地——直接統治されることになる。

今後は代官を派遣するのか、領主を任命するのか、はたまた周辺領主に高く売りつけるのか？　王宮の判断次第だ。

残るはオフリー家の浮島だ。

誰にも任せず、放置するなど論外。

勝利した俺たちが、新たに統治者を用意する事になる。

当初は俺がオフリー家の領地をもらい受けるのでは？　周囲はそう考えていたようだが、今回の場合は協力者であるローズブレイド家を無視できない。

俺は将来的に男爵だが、ローズブレイド家は伯爵家だ。

格や実力を考えても、俺が総取りをすれば今後の争いの種になる。

だから、俺はオフリー家の領地を引き継がないと決めた。

俺以外の誰かを領主として任命するのが無難である。

その誰かを決めるため、俺たちはバルトファルト男爵家の屋敷に集まっていた。

集まったと言っても、親父の仕事部屋である書斎である。

面子も俺と親父にニックスと、親子三人である。

この面子で勝手に話を進めるのは問題だが、実はローズブレイド家との間で交渉は終えている。

事後承諾の形になってしまうのだが、浮島の新しい統治者というのが――。

「何で俺が独立して子爵になるんだよ!? そんな話は聞いてないぞ!!」

――次兄のニックスだ。

想定していない事態に騒ぎ出すニックスを説得するのは、この話を受けるべきだと考えている親父だ。

「適任者がお前だけだったからだよ。それに、独立して子爵になれるんだ。悪い話じゃないだろうに」

次兄のニックスが子爵となり、旧オフリー家の領地を引き継ぐ。

これには俺も親父も賛成している。

俺は色んな理由から拒否したが、親父の場合も同様だ。

本来は親父が旧オフリー家の領地を引き継ぎ、浮島を二つ所有して子爵や伯爵になってても良かったのだ。

だが、そうできない理由がある。

本人が「今更領地の規模が広がっても、統治する自信がない」と野心に欠けているのが一点。もう一点は――ゾラたち親子だ。

親父曰く「ゾラたちが領地を寄越せと騒ぎ出す前に、ニックスを独立させてやりたい」と願ったからだ。

下手に親父が領地を手に入れると、ゾラたちが長兄である【ルトアート・フォウ・バルトファルト】に旧オフリー家の領地を引き渡せと騒ぎ出すからだ。

ルトアートはバルトファルト家の嫡男であり、当然ながら権利を得ている。

親父としては、実家にいないルトアートよりも、ニックスを優先したいのだろう。

ニックスにバルトファルト領を与え男爵にし、ルトアートに旧オフリー領を与えて子爵にするという方法もあった。

だが、これには親父が反対だったのと――ローズブレイド家が納得しないため、この方法は却下された。

ローズブレイド家としても、せっかく手に入れた旧オフリー領をゾラたちの好きにされるのは我慢ならないらしい。

そういうわけで、ニックスを子爵として独立させる流れになった。

これ以上は出世したくない俺からすると、悪い話ではないため大賛成である。

まぁ、ニックスは納得していないようだが。

「こんなのおかしいだろ!! 大体、俺がいきなり子爵になれるのか？ こんなの、王宮が絶対に認めないって。それに——俺には統治なんてできないから！」

学園では普通クラスに在籍しており、領主に必要な知識や技能を得ていない。

生真面目なニックスは、そんな自分が子爵になって領地を得ても何も出来ないと考えているらしい。

——その通りである。

だが、俺がその程度の事を想定せず、ニックスをいけに——子爵に推薦したりなどしない。

俺が親父に視線を送ると、戸惑いながらもその点について説明してくれる。

「そのことだが、実はお前に興味を持ってくれた人がいる」

「俺に？」

首をかしげるニックスに、親父が懐から手紙を取り出した。

その手紙のシーリングワックス——封蝋《ふうろう》に押されたマークは、ローズブレイド家の物だった。

「ローズブレイド伯爵家からの書状だ。お前にお嬢さんを任せたいと書いてある」

ニックスはこれに驚いていた。

何しろ、相手は格上の伯爵家である。

男爵家との婚姻もないとは言わないが、それでも格を考えると釣り合いが取れていない。

ニックスは手紙を受け取り、焦りながら中身を確認する。

「どうして俺なんかに興味を——ん？」

驚きや僅かな期待に満ちた瞳が、徐々に色を失っていく。

俺も親父も先に中身を確認しているため、ソッとニックスから視線を逸らしていた。

ニックスが手紙の内容を読み上げる。

「『気に入らないオフリー家をぶっ飛ばした根性が気に入りました』って――おい」

何とも個性的な手紙の内容に、ニックスは頬を引きつらせている。

親父が慌てながらニックスを説得する。

「いや、かなり個性的な手紙だが、お前に興味を持ったのは事実だから！　一度くらい顔を合わせて、話をしてみるのも悪くないだろ？」

ニックスは受け入れられないらしく、声を張り上げて抵抗する。

「そもそも喧嘩を売ったのはリオンで、ぶっ飛ばしたのもリオンだから！　興味がわくならリオンの方だろ!?」

親父とニックスが言い合う中、俺は手紙の主を思ってため息を吐く。

手紙の主はディアドリー先輩ではない。

彼女の姉――既に学園を卒業している人だ。

個性的なディアドリー先輩に負けず劣らず、こちらも個性的な人だった。

そんな人に気に入られるなんて、ニックスも運が良いのか悪いのか。

――まぁ、裏で話を進めたのは俺だけどね。

少し視線を離した隙に、ニックスが親父の胸倉を掴んで揺すっていた。

親父は負い目もあるのか、されるがままである。

「いきなり子爵になれと言われても困るんだよ！　そ、そうだ。リオンだ！　リオンに子爵になってもらえばいい！　活躍したのはリオンだから、相手も納得するはずだろ？」

ニックスが俺に面倒事を押しつけようとすると、先に親父が口を開く。

「リオンにはマリエちゃんがいるだろうが！」

「わかっているけど！　俺だってわかっているけどさ！　俺には無理だってぇぇぇ！」

泣きそうな顔をしているニックスを見ていると、俺は少しばかり感動してしまう。

昨今は血を分けた兄弟だろうと蹴落とすのが普通の中、弟である俺に出世のチャンスを譲ろうとするとは兄の鑑《かがみ》である。

そんなニックスだからこそ、俺は幸せになってほしい。

俺は満面の笑みを浮かべてニックスを祝福してやろう！

「子爵とか俺も無理ぃ～。子爵になって苦労するのはごめんだ。あと、最初から兄貴がごねると思ったから、お相手の女性は連れて来ているから。お二人とも、お願いします！」

俺の呼び声に、書斎のドアが開くと二人の女性が入室してくる。

付き添いであるディアドリー先輩が先に入って来た。

「名のある空賊を倒しても、まだ威厳が身につきませんわね。もう少し頼り甲斐《がい》のある姿を見せてくれると思ったのに残念ですわ」

残念そうにするディアドリー先輩を見て、ニックスが頬を引きつらせている。

クラスこそ違うが、二人は同級生だから面識はあるのだろう。

「ディアドリーさん？　もしかして、俺の結婚相手って――」

早とちりするニックスに対して、ディアドリー先輩は振り返ってもう一人の女性を見る。

「勘違いですわ。今回の縁談の相手はわたくしではなく、お姉様でしてよ」

皆の視線が一人の女性【ドロテア・フォウ・ローズブレイド】に向かった。

ストレートロングの金髪に、グラマラスな体型を強調するドレス姿。

前髪を切り揃え、目つきは鋭くきつめの印象がある美女だった。

ディアドリー先輩以上に、女王様という言葉が相応しい人物に見える。

年齢は二十歳。

鞭を持って登場しても違和感のない美人さんに、俺はニックスが羨ましくなる。

ディアドリー先輩が、ドロテアさんを紹介する。

「ニックス殿と縁談の話が持ち上がった、ドロテアお姉様ですわ」

「――よろしく」

素っ気ない挨拶をするドロテアさんは、ニックスから顔を背けていてお世辞にも態度が良いとは言えなかった。

だが、この縁談はまとめなければならない。――俺の幸せのために！

「美人さんがお相手とか、兄貴もラッキーだよな」

羨ましい気持ちを出さないよう、笑顔を心がけたのにニックスはお気に召さないようだ。

「お前は何をヘラヘラ笑ってんだ！」

巨乳であるドロテアさんが、ニックスの奥さんになると知った時は嫉妬した。

だが、性格を知ってからは同情できるようになった。

見た目通りきつい人だからね。

ドロテアさんが、自分を無視しているニックスに苛立ちを覚えたらしい。

「私を放置して随分と楽しそうですわね」

ドロテアさんがそう言うと、ニックスは「ヒッ」と悲鳴を上げて腰が引けていた。

胸の下で腕を組むドロテアさんは、ニックスに見下した視線を向ける。

「あら？　腰が引けていますわよ。私の夫になろうという男が、そんな情けない姿を見せないで欲しいわ。オフリーのならず者たちを倒したと聞いて楽しみにしていたけれど――期待外れね」

ディアドリー先輩も同意し、残念がっている。

「まったくですわ。お父様がこの縁談に乗り気でなければ、拒否していたところでしてよ」

今回の縁談だが、現時点で八割は確定した話である。

今日の顔合わせも結婚する前提でのもの。

二人が拒否したところで、この話はなくならない。

――ここまで段取りした俺が言うのも何だが、嫌がる二人とは反対にお父様であるローズブレイド伯爵はかなり乗り気だった。

具体的に言うなら「この結婚は絶対に成功させ、ニックス君を我らのファミリーに加える！」と意気込んでいたからな。

俺が面会した時なんて「マイファミリーであるニックスキュンによろしくと伝えて欲しい」と両手を握られながら言われた。

あの瞳——絶対に娘を結婚させ、ニックスを逃がさないという強い意志を感じたね。

後でルクシオンに調べさせたのだが、ローズブレイド伯爵にとってドロテアさんは悩みの種だったらしい。

本人が何度も縁談をぶち壊しており、このままでは結婚できないのでは？　と周囲を不安にさせていたようだ。

まともな相手がいたのなら、多少格が釣り合わずとも嫁がせたかったのだろう。

黙り込むニックスを前に、ドロテアさんは容赦なく責め続けている。

「弟のリオン殿は、冒険者として功績を立てたのに、兄であるあなたは何もしていないそうね？　それでも同じ血を引いているのかしら？　恥ずかしくはないの？　何か言ってご覧なさいな」

言われ放題のニックスを前に、俺も少しばかり腹が立つ。

親父の方は、相手は伯爵家のお嬢様だから怒れない。

ただ「うちはニックスが標準で、リオンの方が規格外なんだけど——」と小声で呟いていた。

俺のどこが規格外だ？　俺は平凡に決まっているだろうが。

ただ、ルクシオンというチート課金アイテムを手に入れた一般人である。

すると、ドロテアさんの責めに耐えていたニックスが顔を上げた。

眉間に皺を寄せ、これまでと違った態度を取る。

「あぁ、そうだよ。俺は弟よりも出来の悪い兄貴だよ。それがどうした？」

けんか腰になったニックスに、俺も親父も驚いていた。

普段真面目なニックスが、女性に対してこのような態度に出るのを初めて見た。

こいつ正気なのか？　最初は心配したが、すぐにニックスの目論見《もくろみ》に気付く。

「兄貴まさか――」

俺がニックスを止めようとするが、既に遅かった。

「お前は黙っていろ」

ニックスはこの結婚の話をなかったことにするために、ドロテアさんに喧嘩を売った。

ドロテアさんが怒って出ていけば、後はどうとでもなるという浅い考えを抱いているらしい。

や、止めてくれ、兄貴！　俺が責任を取らされるだろうが！

「兄貴、往生際が悪いぞ！　とにかく落ち着けよ。相手を怒らせても状況が悪くなるだけだって」

宥《なだ》めようとする俺に、ニックスは聞く耳を持たない。

「俺を追い込んだのはお前だからな！　それから、よく聞けよわがまま女！」

ニックスがドロテアさんを指さす。

ドロテアさんは驚いた顔で「わ、わがまま女ですって！」と激高していた。

「勘違いするなよ。俺は結婚してもらうんじゃない。結婚してやるんだ！　それが嫌なら、さっさと家に帰るんだな」

「わ、私に帰れですって？　こんなことを言われたのは初めてですわ」

「みんな伯爵家に気を遣って言わなかっただけさ」

「言わせておけば——ローズブレイド家の恐ろしさを知らないようですわね」

「伯爵家はともかく、俺の目の前にいるのは、ただの女王様気取りのわがままな女だからな。怖くも何ともない」

「また、私のことをわがままと——っ！」

激高して顔を赤くするドロテアさんを見て、ニックスは冷や汗をかきながらも余裕を見せようと笑っていた。

親父は「ニックス止めろ！　今度はローズブレイド家と戦争になるから！」と、泣きそうな顔をしていた。

——だが、状況は予想しない方向へと進んでいく。

呆気にとられていたディアドリー先輩が、ドロテアさんに向かって笑みを浮かべた。

「お姉様——良かったですわね。おめでとうございます」

——ん？

顔を真っ赤にしていたドロテアさんだが、よく見ると笑みを浮かべていた。

そのまま唇を舌で妖しく舐めた。

激高というよりも、興奮している？

「いいわ。あなた最高よ。どいつもこいつも、ローズブレイドと聞くだけで卑屈になる男ばかり。私はあなたのような鯱甲斐のある男を待っていたの！」

自分を抱きしめて身を震わせるドロテアさんを前に、ニックスが驚愕する。

「――え？　えっ⁉　は⁉　な、何で？」

ドロテアさんが大きな胸の前で手を組むと、祈るような仕草をする。

「いえ、むしろ互いに鎹合うような――もっと激しくぶつかり合うような殿方が私の好みなの。大人しい男でも、ただ従えと言ってくる情けない男でも駄目なの。私はついに――理想の殿方に出会えましたわ！」

ニックスが冷や汗をかいていた。

ドロテアさんが、ニックスに腕を絡めて抱きつく。

「あなた最高だわ。これから一緒に楽しい家庭を築いていけそうな気がするの」

そのままニックスはドロテアさんに引っ張られ、部屋から出ていく際に俺に手を伸ばしてきた。

「た、助け――」

連れて行かれるニックスに、俺は笑顔で手を振ってやる。

「お幸せに」

親父は目の前の光景を処理しきれないのか、頭を抱え込んでいる。

「こ、これでよかったんだよな？　俺は間違っていないんだよな？」

不安に駆られる親父を慰めておくとしよう。

「大丈夫。これで兄貴も領主で子爵様だ」

「――どうも、俺は息子を売った気がして気の毒というか、申し訳ないんだが？」

無事に面倒な地位をニックスに押しつけられた。

ついでに婚活に困っていたニックスに、美人でお金持ちのお相手まで用意した俺って弟として優しいよね。

そのままドアが閉まると、ニックスの叫び声が聞こえてくる。

『リオン、てめぇは覚えてろよ！　いつか必ず殴ってやるからなぁぁぁ』

どうやら泣いて喜んでいるらしい。

微笑んでいる俺を見て、ディアドリー先輩が肩をすくめていた。

「面倒事を押しつけたという顔をしていますわよ。それはそれとして、お姉様が羨ましいですわ。わたくしも気骨のある男性を見つけたいものね」

――見つかるといいね。だから、値踏みするような視線を俺に向けないで欲しい。

さて、俺は残った事後処理をするとしよう。

# 第12話「ステファニーの末路」

その日、王宮は騒がしかった。

何しろオフリー伯爵家の査問会《さもんかい》が行われる。

査問と言っても形式上のもので、お家に関しては取り潰しが決まっている。

既に領地は奪われ、蓄えてきた財も王宮に召し上げられた。

簡単に言ってしまえば、空賊と繋がり貴族としてあるまじき振る舞いをしたオフリー家を断罪する
――見せしめである。

これまでオフリー家に苦い思いをさせられてきた者たちも、これで溜飲を下げてくれるだろうという王宮の狙いもあった。

そのため、王宮には朝から大勢の貴族たちが詰め掛けている。

その中にはアンジェリカの姿もあった。

学園の制服を着用しており、王宮の廊下を歩いていると目の前に現われたディアドリーに声をかけられる。

「アンジェリカ、今回は助かりましたわ」

「随分と派手に暴れてくれたな。おかげで、しばらく国内は大騒ぎだぞ」

二人が並んで廊下を歩く。

ディアドリーが扇子を開いて口元を隠しつつ、アンジェリカに礼を言う。

「王妃様と繋いでくれた件は感謝していますわよ」

「それならもっと穏便に事を納めて欲しかったよ。やるにしても急ぎすぎだ。おかげで、どれだけの余波が広がることか」

悪い貴族を倒してお終い！　とはならない。

オフリー家が取り潰されれば、その関係者は騒ぎに巻き込まれる。

今後は、その関係者たちがどれだけオフリー家の悪事に関与していたか調べる必要が出てきた。

準備期間もないまま、王宮の役人たちはしばらく大忙しの日々が続くだろう。

ディアドリーが微笑みながら扇子を閉じる。

「ローズブレイド家が急いだのではありませんわよ。急いだのはバルトファルト殿――いえ、リオン君ね」

親しみを込めてリオンの名を呼ぶディアドリーに、アンジェリカは眉をひそめる。

「バルトファルト家と縁を結ぶ話は聞いていなかったぞ」

「向こうから持ちかけてきた縁談ですわ。断る理由がありませんもの」

アンジェリカは、ローズブレイド家がバルトファルト家と縁を結ぶとまでは知らされていなかった。

だが、バルトファルト家が頼ったならば仕方がない。

（もっと早くに殿下と面会させておくべきだった。ローズブレイド家と縁が強くなってしまっては、

取り込みも諦めるべきか)

　ユリウスの派閥に招こうと考えていたが、ローズブレイド家との縁があるとためらわれる。

(こんなことなら、もっと早く動くべきだった)

　リオンを取り込めなかった事に、アンジェリカは自分でも驚くほど酷く後悔を覚えていた。

　ローズブレイド家だが、レッドグレイブ家の派閥に属していない。

　今は敵対もしていないが、状況次第では争い合う相手だ。

　強引にリオンを引き抜けば、それこそ争いの種になってしまう。

　リオンの引き抜きを考え直すには、十分すぎる理由である。

　ディアドリーが扇子を開いて口元を隠す。

「ごめんなさいね、アンジェリカ。彼のことを狙っていたのよね?」

「最初から知っていた癖に白々しい事を言うな。それよりも、元伯爵の査問会の時間が迫っている。

どうせ、見に行くのだろう?」

　アンジェリカが確認すると、ディアドリーが笑みを浮かべていた。

　その笑みは、獰猛《どうもう》な猛獣が浮かべるような類いのものだ。

「勿論ですわ」

◇

今頃は元オフリー伯爵の査問会が開かれている頃だろうか？

王宮の一室にて、俺はマリエと一緒にもう一つの査問会に出席していた。

証言を求められての参加なのだが――査問されているのは、ステファニーだった。

伯爵のように仰々しくするには小物過ぎる。

だからと言って放置もできないので、別室で査問会が開かれることになった。

この辺りの事情だが、オフリー家とラーファン家の取り潰しで役人たちが査問会など早く終わらせたいから、とか何とか。

詳しい事情は知らない。

会議室らしき場所で、縛られたステファニーが査問会に出席している。

その姿を俺とマリエは見ていた。

議長が告げる。

「学園という学び舎で、実家の権力を持ち出し生徒たちへの数々の犯罪行為は見過ごせぬ。まして、王都に空賊たちを手引きし、潜伏させて利用するなど論外である」

告げられるステファニーの罪状。

傍聴人たちから罵声が飛ぶ。

「この裏切り者が！」

「商人上がりに貴族の意地を求めるのも酷というものだが、これはあまりにも酷い」

「晒し首にしろ！」

周囲からの罵声に抵抗もできないステファニーは、ただ俯いて震えていた。

以前までの態度はなりを潜め、今は怯えきった姿をしていた。

視線をさまよわせ、体はビクビクと震えている。

まるで別人のようだ。

最早、実家を頼る事はできない状況だ。

こうなってしまうと、ステファニーはただの女子生徒――いや、ただの女性だろう。

もう、学園に通うことはないのだから。

マリエは俺の袖を引っ張り、小声で話しかけてくる。

「ねぇ、もしかして王都の空賊たちって」

「ブリタたちが証言してくれた。お前に恩を返せるなら、って協力してくれたんだよ」

「あの子たちが？」

マリエは信じられないようだが、実際は俺が協力をお願いした。

説得かな？　渋っていたが、最後は協力を約束してくれたよ。

議長はステファニーの罪状を読み上げ、そして最後に言う。

「本来であれば学園の女子生徒だろうと処刑が適当である――だが、我々は君に別の道を用意した。今後、君は王国から除外される。貴族でもなければ民でもない。どこにも属さない一人の女性となる。

これが君への罰だ」

言ってしまえばステファニーを王宮から放り出して終わり、となる。

とても軽い罰に思えるだろうが、頭を上げたステファニーの顔からは血の気が引いていた。

「い、いや――嫌よ！　貴族として死なせてよ！　処刑でも何でもいいから、放り出すのだけは止めてぇ！」

泣き喚《わめ》き出すステファニーの姿に、傍聴人たちの半数は理解できていない顔をしている。

何しろほとんどが学園の生徒たちだからな。

ステファニーの末路を見たくて、集まってきた奴らだ。

ただ、大人たちは理解しているようだ。

中には笑みを浮かべている男もいるので、ステファニーに何が待ち受けているのか知っているのだろう。

マリエはまたしても俺の袖を何度か引っ張ってくる。

「ね、ねぇ、これが罰になるの？　放り出すだけよね？　逆に危なくない？」

仕返しにでも来られたら――とでも考えたのだろう。

だが、もうステファニーは脅威になり得ない。

王国の貴族でもなければ、平民ですらない。

何の権利も持たない人になってしまったのだから。

縛られる法もなければ、守ってくれる法律もない存在だ。

ステファニーは、ホルファート王国にとって何の権利も持たない女性となってしまった。

まして、オフリー家の悪行の噂は国中に広がっている。

ステファニーにまともな居場所など、もう王国にはどこにもない。

「今まで貧乏人と見下してきた連中が、雲の上の存在になったんだよ。それに——放り出した後は、ステファニーに誰が何をしようとも咎められないからな」

「それって」

マリエも察したらしい。

ステファニーに恨みを持っている人間が、復讐しても自由というわけだ。

今後、ステファニーは誰に助けを求めても無駄だ。

王国は助けてくれない——だって、自分の国の民でもないのだから。

——簡単に死ねるなら幸せかもしれないな。

泣き叫ぶステファニーに対して、側にいた女性騎士たちが黙らせるため拳を叩き付けている。

「五月蠅いぞ、黙れ！」

「痛っ!? 痛いから止めてよ！ 誰か助けてぇ!!」

「助けてだと？ 誰がお前を助けるものか！ 参加している方々の視線に気付かないのか？」

女性騎士がステファニーの髪を掴んで周囲に視線を巡らせる。

すると、ほとんどの人間が睨み付けるか——あざ笑っていた。

伯爵家令嬢という立場から転げ落ち、王国の民ですらない存在にまで成り下がったステファニーを見世物にしている。

女性騎士は加虐的な笑みを浮かべているように見えるが——私怨《しえん》でもあるのだろうか？

関係がありそうには見えないのだが。

「誰もお前を助けたいと思わないようだな」

ステファニーの顔が怯えから歪む。

「いやぁぁぁ」

か細い声が会場に響くが——それよりも、女性騎士の荒々しさに俺はドン引きだ。

男性騎士顔負けではないだろうか？

議長が騎士の暴行を止めつつ、査問会を進める。

「そこまでだ。さて、これより関係者の洗い出しを行おう。ステファニー、君には学園で親しくしていた生徒たちがいたね？　その中に空賊たちと深い繋がりを持っていた者はどれだけいるのかな？」

この場で取り調べというよりも、お遊びだろうか？

正直に話すとも思っておらず、むしろ関係者が少ない方が議長としても嬉しいのだろう。

——仕事が減るからな。

というか、取り巻きをしていた騎士家の子弟たちが深く関わっていない事は調べ終わっているのではないだろうか？

取り巻きたちが空賊たちと繋がっていたとしても、それはステファニーを通してだ。

寄親のお嬢様の命令に逆らえなかった、という状況もある。

罰は与えるだろうが、ステファニーほど厳しいものにはならないだろう。——多分。

議長がステファニーに尋ねる。

「全員に取り調べをした結果、カーラ・フォウ・ウェインという女子生徒が君と深い関係にあり、空賊たちとも繋がっている可能性があるそうだね？」

カーラの名前が出てくると、ステファニーの様子に変化が起きる。

体がピクリと反応し、それからしばらくして俯いたまま――。

「――あ、あの子は何も知らないわ。ただ、こき使っていただけよ」

――ステファニーがカーラを庇った。

議長は意地の悪い笑みを浮かべている。

どうやらお世辞にも性格がいいとは言えない人物らしい。

「そうなのか？　確かに、皆が口を揃えて自分たちは言われた通りにしていただけと言っていたな。君に従っているのが苦痛でしかなかった、ともね。商人上がりの娘に媚びへつらい、プライドが傷ついたと騒いでいたよ。――随分と嫌われていたみたいだね。皆が一様に、君への暴言を吐いていた」

ステファニーはポロポロと涙を流していた。

俺は意外な光景に目をむいてしまう。

ステファニーなら、裏切った取り巻きたちをボロクソに言うはずだと思っていたからだ。

そうして、ステファニーは最後まで――カーラを庇った。

「だから――何度も言わせないでよ。あの子は他の子より気が利いていたから、側に置いてこき使っただけよ。大事な仕事を任せたりするものですか。私は最初から――だ、誰も信じたりしない――ものの」

体を震わせているステファニーは、とても悲しそうに見えた。

◇

「どうしてあいつは、カーラのことを正直に話さなかったんだろうな？」

地下牢へと続く階段を降りながら、俺は呟いた。

答えるのは、姿を現したルクシオンだ。

『カーラ・フォウ・ウェイン——ステファニーの一番近くにいた側近的な女子生徒ですね。彼女は他の者たちよりもオフリー家の事情に詳しかったはずです。王国への報告義務を怠っていたので、罪は他の者たちよりも重いですよ』

「それだよ。ステファニーが庇う理由があるのか？　あいつなら、自分への暴言を吐いたってだけで道連れにしてやるぜ！　みたいな感じで喋ると思ったのに」

『ですが、ステファニーの証言で罰が大きく変更されることはありません。先程の査問会は、ただの見せしめに過ぎません』

「——だな」

ルクシオンとの会話が一段落すると、マリエが俺たちに呆れていた。

「あんたらは気付いていなかったのね」

「あん？」

『マリエは何か気付いたのですか？』

ステファニーの心情を察したマリエは、俺たちに聞かせてくる。

「あいつ――ステファニーってさ、多分だけど友達が欲しかったのよ」

あまりの話に俺は即座に否定する。

「いや、それはないだろ。絶対にあり得ないって。何がどうなれば、ステファニーが友達を欲しがっていた、って話になるんだよ？」

『友達作りのプロセスを間違えています』

俺たちの反応を予想していたのか、マリエは淡々と説明してくる。

ステファニーに対する怒りもあるが、同情だろうか？　思うところもあるらしい。

「だから、多分って前置きを付けたじゃない。そもそも、ステファニーには友達がいないのよ」

「あの態度なら仕方がないだろ」

「私も最初はそう思ったわよ。けど、こっちの世界だと複雑な事情があるでしょ？　家柄で相手にもしてくれない人たちだって多いし」

俺にもマリエの言いたいことが理解できてきた。

オフリー家は商人に乗っ取られた家だ。商人が落ち目の家にすり寄り、そのままグレーなやり方で家を奪った。貴族を名乗っているが、中身は商人だ。

その後は商才を発揮して伯爵家に成り上がったわけだが――当然、評判は悪い。

王国貴族たちのほとんどから疎まれていた、というのがあの乙女ゲーの設定だったな。

確かに、友達作りをするには大きなマイナスである。

「――好んで近付こうとは思わないだろうけどさ。嫌われていたのは貴族の間でだけだろ？」

貴族以外ならば、友達だって作れたはずだ。

マリエは俺の答えに大きなため息を吐いてから答える。

「あいつにとって欲しかったのは貴族の友達よ」

「性格が悪いな」

貴族以外は友達にあらず、というのは人としてどうかと思うけどね。

「育った環境も影響していると思うけどね。子供の頃からそんな感じなら、ねじ曲がって育っても仕方ないでしょ。別に可哀想とは思わないわよ。いや、少しは同情するけどね。あいつのした事は許されないもの。けどさ、周りの環境が悪かったのも事実じゃない」

環境さえ違っていれば、ステファニーも道を踏み外さなかったのではないか？　そんなマリエの考えに対して、ルクシオンは冷たい返答をする。

『だとしても、今回の状況を作り上げたのはステファニー自身です。彼女が善人であれば、現状よりも罪は軽くなっていました。環境が原因であるのは認めますが、本人の資質にも問題があります』

「でもさ――」

マリエが何か言い返そうとするのをルクシオンは許さない。

『環境の悪さなら、マリエも同じです。それでも、マリエは――まぁ、色々と問題を引き起こしましたが、どれもステファニーと比べれば軽い物ばかりです。ステファニーのために、マリエが心を痛める必要性はありません』

ルクシオンが言い終わると、マリエは語り始める。

「あいつの実家で見たのよ。ステファニーの奴、カーラを常に側に置くの。カーラは迷惑そうにしていたけどね。でも、ステファニーの方は何だか嬉しそうにしていてさ。友達付き合いが下手なのよ。不器用すぎて、まったく好意が伝わらないの」

「未だに信じられないな」

ステファニーが友達を欲していたなんて――しかも、不器用だから周りを傷つけるとか迷惑としか言いようがない。

ただ、俺にも思い当たる節がある。

パワハラなどのハラスメント行為だ。立場や関係を利用して、部下を追い詰める行為だが、時にやっている方は「あいつのためを思って」などと言う。

暴力も挨拶、とか。

無理難題を課すのも成長させるため、とか。

第三者から見ると信じられない行為でも、本人の中では正当な理由がある。

やっている本人からすると正しい行動だが――それが世間に認められるかどうかは別だ。

つまり、ステファニーの中では貴族の友達が欲しくて、あんな行動を――いや、ないな。

マリエもステファニーを肯定しているわけではないらしい。

「実際に性格は最悪だったからね。私だって二度と顔を合わせたくないわよ。けどさ、あいつがあんな風になった原因があると思うとね。――フワフワしたあの乙女ゲーの設定にしては、重すぎると思わない？」

マリエの問い掛けにルクシオンは、興味深そうにしていた。

『コミュニケーション能力に問題があり、アプローチを間違えた結果であると？　興味深い話ではありますが、既にステファニーへの罰は下されました。ステファニーの問題を解決する意味はありません』

マリエは視線を下げる。

「そうなのよね。今更、何を考えても手遅れよね。でもさ、前世で夜職をしていたから、そういう人たちを見てきたのよ。あいつももう少し早く気付けば、人生を変えられたのかしら？」

落ち込むマリエを見た俺は、小さなため息を吐く。

こいつはどうして、ステファニーについてあれこれ悩むのだろうか？

「友達云々はお前の想像だろ？　そのために、こんな場所まで足を運んでさ」

目的地に到着すると、ルクシオンが姿を消した。

地下牢に来ると、見張りが俺たちに気付いて近付いてくるので事情を話す。

すると、一つの牢へ案内してくれた。

そこにいたのは、カーラだった。

薄汚れた恰好で、随分とやつれて床に座り込んでいる。

俺たちが来ると顔を上げた。

「――何？」

鉄格子越しに、マリエはカーラに査問会の結果を伝える。

「ステファニーの査問会が終わったわ。あいつ、何もかも奪われて放り出されるそうよ」

それを聞いて、カーラは察したのかクックッと笑い始める。

仄暗い笑みを浮かべて、本当に嬉しそうにしていた。

「それ本当？　いい気味だわ。散々こき使ったあげくに私たちを巻き込んだんですもの。当然の結果よね。――あ～あ、私も査問会であいつの情けない姿を見たかったわ」

俺たちが黙っていると、カーラがケラケラ笑っていた。

自棄《やけ》になっているようにも見える。

「それにしても、全てを奪われるなんて最高の展開よね。あいつ、今まで散々他を馬鹿にして見下してきたから、皮肉の効いた罰だと思わない？　今度はあいつが、周りに見下されて散々な目に遭わされるのよ！」

嬉しくてたまらなそうなカーラに、マリエは査問会での出来事を話す。

「ステファニーは、最後まであんたらの事を――特にカーラは空賊とは関係ないって言い通したわよ。あいつ、あんたたち取り巻きを一人も売らなかったわ」

それを聞いて、カーラが驚いたのか言葉を失っていた。

マリエと俺がカーラの牢を離れると、ブツブツと独り言が聞こえてくる。

「何で売らないのよ。散々私たちのことを――今更庇うの!?　どうしてなのよ――もっと傲慢で、嫌な奴でいなさいよ」

随分とショックを受けているらしい。

疲れもあって混乱しているのだろうか？

冷静な状態であれば「今更その程度で許してやるものか」と言いそうだけどな。

そして、俺たちがある牢の前を通りかかると――そこにいたのはマリエの父親だった。

「マリエ！　マリエだろう!?　た、助けてくれ。バルトファルト男爵にとりなしておくれ。私は無実なんだぁ！」

泣きじゃくって手を伸ばしてくるラーファン元子爵に、マリエは眉根を寄せる。

そのまま顔を背けて地下牢を後にするのだが、その背中を見ると複雑な心境を抱えているようにも見えた。

今世の家族には恨みしかないため、ここで見捨てても心は痛まない――はずなのに、何やら負い目を感じているようにも見える。

俺は頭をかく。

「気にしなくてもいいのに、あいつは背負いすぎじゃないか？」

独り言だったのだが、ルクシオンが拾って返事をしてくる。

ラーファン元子爵の前だというのに姿を現した。

『同感です。それにしても、マスターとマリエは似ている部分が多いですね。相性は抜群だと判断しますよ』

「おい、なんで姿を見せた？」

ラーファン元子爵が驚いているが、すぐに見られてはいけない物だと察したのか俺に交渉してくる。

「バルトファルト男爵！　この事は内密にする。だから、どうか！　どうか私を助けて欲しい！　でないと——君が怪しい者を側に置いていると喋ってしまいそうだよ」

薄汚い笑みを浮かべてくるラーファン元子爵に、俺がムッとすると珍しくルクシオンが対応する。

『今のお前は精神が不安定だ。お前の証言に耳を傾ける者はいない。よって、そのような交渉は意味を成さない。——さぁ、マスター、そろそろマリエを追いかけましょう』

「——そうだな」

俺とルクシオンは、ラーファン元子爵を無視して地下牢を後にする。

背中越しに「助けてくれ！　私はまだ死にたくないんだぁぁ！」という声が聞こえてきた。

最後の最後に意地を見せたステファニーと比べると、マリエの父親は小物過ぎるな。

# 第13話「契約」

放課後の校舎。

廊下を歩いていたオリヴィアは、周囲を気にしてビクビクしていた。

人の気配を感じると体を強張《こわば》らせてしまう。

入学した頃よりもやつれ、怯えるようになっていた。

そんなオリヴィアが、地図が張り出されている場所にやって来た。

大きな額に入ったホルファート王国の地図。

ただ、今日は外部の職人たちが来ており、額から取り出した地図に何やら書き込んでいる。

元からある地図に赤色で何かを書いていた。

オリヴィアは気になって話しかけることにした。

相手は貴族ではなく職人であり、外部の人間であるためオリヴィアの事情にも詳しくない。

事実、オリヴィアを見ても貴族の子弟と思い込んでおり、丁寧な対応を取る。

「すみません、何をされているんですか？」

尋ねると、職人たちはオリヴィアに事情を説明する。

「私共も急な話で驚いているんですけどね」

そう言って地図を見せてくるのだが、オリヴィアは目を見開いた。

地図の一部が修正されている。

ホルファート王国の地図だが、王国の領土は貴族たちの治める領地がわかるよう線引きされている。

地名の他に、その地を治める貴族の家名も書き込まれていた。

その家名の一つに赤字で横線が引かれている。

「こ、これって」

「ラーファン子爵家が取り潰されることになりまして、領地は召し上げられるそうです。だから、地図から家名を消しているんです。新しい地図の方も作成しているんですけど、そっちは完成が当分先になりそうでしてね」

「お取り潰し？　急にどうして？」

オリヴィアは、地図から急に貴族の家名が消えるのが信じられなかった。

職人たちは顔を見合わせてから、周囲を警戒しながらオリヴィアに教える。

「噂なんですけどね。何でも王家の怒りに触れてしまったために、取り潰されてしまったようです」

オリヴィアの顔から血の気が引いた。

理由は――。

（たったそれだけで、簡単に貴族様でも何もかも失うんだ）

――今のオリヴィアは、普段から脅してくる女子たちの言葉が真実であるという事実を突きつけられた気分だった。

オリヴィアの様子に気付かない職人たちは、話を続ける。

「他にもオフリー伯爵家の家名が消えますね。こっちもお取り潰しになりますが、領地は他の貴族様が引き継ぐそうです」

「引き継ぐ？」

「戦争ですよ。急なことで皆驚いているんですけどね、簡単に滅ぼされたようですよ」

滅ぼされた——その言葉が、オリヴィアの中に酷く重く聞こえた。

故郷に住んでいる時は気付かなかった。

学園に来る前、オリヴィアはこの国が平和だと信じていた。

だが、自分が暮らしている国は、平和とはほど遠い国だと思い知らされる。

オリヴィアが俯きながら問う。

「ど、どうして滅ぼされたんですか？」

職人たちも詳しい事情は知らないらしいが、頭をかきながら答える。

「詳しくは知りませんが、噂ではある貴族様を怒らせたのが原因らしいですよ。でも、その貴族様も恐ろしいですよね。たった一日で伯爵家を滅ぼしてしまうんですから」

職人たちは「ま、噂ですけどね」と言って笑い合っている。

この手の話は尾ひれがついて、誇張されるので真実ではないと知っている顔だ。

それでも、今のオリヴィアには酷く恐ろしく聞こえた。

（伯爵様でも簡単に滅ぼせるなら、私の故郷なんてきっと簡単に——）

オリヴィアは恐怖から自分の指を噛み、職人たちのもとをおぼつかない足取りで去るのだった。

◇

査問会が終わり、カーラとの面会を済ませた俺たちは学園に戻っていた。

放課後の教室は、夕日の光でオレンジ色に染まっている。

前世の学校の教室を思わせる光景には、懐かしさ――郷愁を覚える。

ただ、そんな雰囲気をぶち壊してくれるのがマリエだ。

戻ってくるなり、学園の事務室に呼び出されたので向かうと、そこで諸々の手続きをするように言われた。

その結果、マリエは机を右手で叩きながら泣いている。

「私のせいで取り潰されたわけじゃないのに！」

泣いている理由だが、実家の取り潰しに伴い、マリエの貴族位の剥奪も決定してしまったためだ。

確かにマリエは今回の一件で無罪が確定している。

本来なら実家の罪で何かしら罰を受けるはずだったが、俺や貧乏男爵グループ、そしてローズブレイド家からの取りなしもあって無罪を獲得している。

だが、実家の消失でマリエは貴族ではなくなってしまった。

ステファニーと違うのは、王国の民であるという点だ。

今後、マリエの扱いは平民となる。

そうなると——マリエは学園に通えなくなる。

平民のオリヴィアさんが学園に入学したのは特例であり、これをマリエに適用するのは無理と言われた。

諸々の手続きとは、退学に関するものだった。

ラーファン子爵家が取り潰されたことで、マリエは学園に通う資格を失ってしまった。

「もう貴族じゃないから出て行け、って酷くない!?」

学園生活を楽しみにしていたマリエには、退学は受け入れられないらしい。

俺たち二人だけの教室には、ルクシオンも姿を見せて浮かんでいる。

俺とマリエの中間に浮かんでいた。

『問題ありません。私はマリエを高く評価しています。学園よりも、より良い教育環境をご用意しましょう。これで問題は解決します』

ルクシオンの慰めに、俺は溜息が出てくる。

「マリエが望んでいるのは、教育環境じゃなくて学園生活だぞ。生徒として青春を謳歌したい奴に、勉強させてやるって言っても魅力を感じないだろ」

『そうなのですか？』

ルクシオンが赤い一つ目をマリエに向けた。

マリエは顔を上げると、泣きじゃくった顔で頷く。

「当たり前でしょ。私は青春時代を取り戻したかったのよ。前世で報われなかったから、楽しかったあの頃だけでも、もう一度取り戻したいと思っていたのに――ぐすっ」

『――そうですか』

ルクシオンが呆れているようにしか見えない。

俺はマリエにハンカチを渡しつつ、諦めるように言う。

「リッキーと結婚するよりマシだろ？」

「それはそうだけどさ」

ハンカチで鼻をかむマリエに軽く引きつつ、俺はその姿にどこか安心感を覚えた。

誰かさんにソックリである。

どうして――今まで気付かなかったのだろう？

俺はマリエに大事な話を切り出す。

俺たち二人にとって、とても重要な話だ。

「なぁ、前に俺には前世で妹がいたって話をしたよな？」

俺が切り出した話題に、マリエは顔を逸らして頷いた。

「――うん」

マリエも薄々ながら気付いているのかもしれない。

俺はポツポツと妹――前世の妹について話をする。

猫をかぶるのがうまくて、性格が最悪の妹についてだ。

だが、今にして思えば、ステファニーよりは常識的な奴だったな。

「俺の家族――前世の家族は、両親と俺と妹の四人家族でさ」

家族構成を言うと、マリエも小さく頷いた。

「――私も同じよ」

もっと早くに気付いておくべきだった。

あり得ないと思って可能性を考えず、ここまで来てしまった事を後悔する。

早くに気付いていれば、俺もマリエもこんな思いはしなくて済んだのに。

「やっぱりな。兄貴にあの乙女ゲーを押しつけた、って時点で気付くべきだったよ」

言葉には出さなかったが、マリエも俺の言いたいことを察している。

十分に気持ちは伝わっていた。

「本当にまさかよね。何でこんなことになったのかしらね？　そもそも、死んだタイミングが違うのにさ」

マリエの話から推測するに、マリエが死亡したのは俺が転生したよりもずっと後だ。

何がどうなれば、同級生になるのだろうか？

これもあってマリエが――俺の妹だとは思えなかった。

「そうだよな。本当におかしいことばかりだ。そもそも、あの乙女ゲーに転生するって状況自体があり得ないよな」

「ははっ、それもそうよね」

マリエは笑っているが、どこか悲しそうにも見える。

こんな世界でせっかく再会できたのに、素直に喜べないのはお互いにどうかと思う。

少しだけ――何も知らないままでいたら、この先どうなったのだろうか？　という考えが頭をよぎった。

こんなことを考えてはいけないのに。

俺は懐かしさから、前世の妹の話をする。

「随分とわがままな妹だったよ」

「何それ」

悪戯心から、マリエに前世の妹について語ってやる。

少しは前世を振り返って反省しろ、という意味合いもあった。

いや、マリエと昔話――前世の話を俺がしたいだけかもしれない。

何しろ、この世界では唯一、前世について語り合える存在だ。

「覚えているだろう？　お前は猫をかぶるのがうまくて、両親に取り入るのがうまかった。おかげで、お前は両親に気に入られて、俺は怒られてばかりでさ」

「うん。――うん？」

俺の話を頷きながら聞いていたマリエだったが、途中から首をかしげる。

何やら異議があるらしい。

「ちょっと待って。両親が兄貴よりも私を信用していた、ですって？」

「それはそうだろ。お前は甘え上手だったからな」

俺が笑いながら言うのに、マリエの方は何やら考え込んでいた。

「それっておかしいわよ。だって、私の両親は兄貴の方を信用していたもの」

「――え？」

俺とマリエの間で、食い違いが発生した。

今まで黙っていたルクシオンが、会話に割り込んでくる。

『先程の話の流れから察するに、お二人は互いが前世の兄妹であると思っていたようですね。ですが、情報の食い違いが発生しているのは気になります』

ルクシオンはどこか楽しそうに――愉快にしている気がするのは気のせいだろうか？

いや、俺の考えは間違っていないはずだ。

だって、何度もマリエの姿に妹が重なって見えたし、他にも共通点があるのだから。

「いや、間違いないって！　マリエはあの乙女ゲーをクリアできないから、兄貴に無理矢理押しつけたんだろ？　だったら、俺と同じじゃないか」

しかし、マリエはここでも俺に反論してくる。

心外であるという顔をしながら。

「無理矢理押しつけたって――確かにちょっと強引だったけど、私はちゃんと兄貴にクリアしてってお願いしたわよ。あとさ、さっきから酷い妹だった～みたいに言ってくるけど、私はそこまで酷くなかったからね」

「嘘だろ」

「本当よ！　何で疑うのよ？」

酷い妹ではなかった？　いや、だが自己申告を信用してはならない。

そうなると、先にマリエの兄貴――俺への認識を確認した方がいいだろう。

「なら、お前の兄貴について教えてくれよ」

自分のことを聞いているみたいで恥ずかしいし、マリエも何だか変な気分なのか微妙な顔をしていた。

ただ――兄貴の話をするマリエは、ちょっと嬉しそうにしている。

「うちの兄貴って普段は普通？　やり過ぎるところもあるけど、一般的な兄貴って感じかな？　だから、普段は手の平の上で転がしていたわ。でもね、怒らせると凄く怖いの！　あと、恋愛関係に酷く鈍くてさ。女性関係が酷いことになっていたのよね。――まぁ、鈍感って奴よ」

普段は普通という情報だけなら俺も同じだが、やり過ぎやら怒らせると怖いとか、別人としか思えない。

あと、恋愛関係が酷いって何だ？　そもそも、俺は前世で恋愛関係の揉め事など起きたことがないぞ。

「そんな兄貴が存在するのか？　というか、怒らせると怖いのによく手の平の上で転がそうって思ったな」

「だって私の兄貴だからね。怒らせるギリギリのラインっていうの？　限界をちゃんと見極めていたからね。でも、今にして思えば妹の私には甘かったわね」

——俺と全然違うじゃないか！

そもそも、俺は前世の妹にあの乙女ゲーを強引に押しつけられた。

それに、妹の手の平の上で転がされるなどあり得ない。

あと、俺は絶対に鈍感系じゃない。

何だよ、そのラノベの主人公みたいな兄貴は!?

俺は鈍感系主人公が苦手だから、出会っていたらぶん殴っていたかもしれないぞ。

それに、妹を可愛がっていたつもりもない。

結論から言うと——俺と別人じゃないだろうか？

「うちの妹、結構酷い性格だったんだ。ほら、家から出ると性格が豹変する感じでさ。要領が良くて、両親の信用を盾に好き放題していたから」

マリエは俺の話を聞いて、頭を振っていた。

「それなら私とは違うわね。というか、私が嫌いなタイプじゃない。きっとその妹、ろくな奴じゃないわよ」

「う、うん」

これはもう、妹の腐女子の趣味については聞くまでもないだろう。

間違いなく、マリエは俺の妹と別人である。

そう思っていると、マリエはグラビアアイドルがするようなポーズを見せてくる。

「あと、私って前世でも美人だったのよ。今でこそこんな姿だけど、前世ではスタイルも凄く良かったんだから」

――俺の妹、顔は良かったと思うが、スタイルは良かっただろうか？　確かに痩せていたが、マリエのように自慢できるほどではなかったはずだ。

お互いに食い違う情報が多すぎて、何だか微妙な空気になってきた。

俺もマリエも、自分たちの考えが外れていたと気付いてしまった。

場の空気に耐えきれず、俺は謝罪をする。

「――ごめん、お前が俺の妹かもって思ったんだけどさ。どうやら違うみたいだ」

「ちょっと止めてよ！　私がそんな酷い奴に見えたの？　酷くない!?」

「い、いや、悪かったよ。でも、お前も俺を自分の兄貴だと思っていただろう？　俺、お前の兄貴みたいに怖い鈍感系じゃないぞ」

俺はどこにでもいる普通の男だ。

マリエの言うような個性的な兄貴ではなかった。

マリエも恥ずかしがっている。

「わ、悪かったわよ！　もしかしたら、って思っていたけど――やっぱり違うわよね？」

そもそも、兄妹揃ってあの乙女ゲーの世界に転生とか笑い話にもならない。

俺とマリエは、そのまま微妙な顔をしていたが――次第に可笑《おか》しくなって笑い始める。

「何だ。お互いに勘違いしていたのか」

「そうよね。あり得ないわよね。何だかさっきまで悩んでいたのが馬鹿らしくなるわ」

二人揃って笑い合っていると、ルクシオンが何故か嬉しそうにしていた。

『誤解が解けたようで何よりです。これでマリエの問題も解決できますね』

「それってどういう意味だ？　退学以外に、マリエに問題があるのか？」

『それは――おっと、どうやら教師が来たようですね。私は姿を消しておくとしましょう』

言いかけて中断したルクシオンが姿を消すと、教室に師匠がやって来た。

「し、師匠!?」

驚いて席を立つ俺に、師匠は「そのままで」と座るように促してくる。

「学園に戻っていると聞き、二人を捜していたのです。今回の件、二人とも随分と苦労されたようですね」

紳士という言葉が相応しい師匠は、学園ではマナーを教えている教師だ。

俺にお茶の世界を教えてくれた素晴らしい人物でもある。

親愛の情を込めて師匠と呼んでいる。

「呼び出してくれたら、俺たちの方で顔を出しましたよ」

師匠と話をしていると、マリエが俺たちに何とも言えない顔を向けていた。

「――あんた、本当に師匠にだけ態度が違うわよね」

俺は振り返りつつ、マリエに首をかしげる。

「当たり前だろうが。なんたって師匠だぞ。敬わないと駄目だろ」

言い切る俺にマリエは諦めたような顔をしていた。

師匠は俺たち二人の顔を交互に見て、最後にマリエの机の上にある書類へと向かう。

「退学届ですか」

師匠の言葉に退学を思い出したマリエは、肩を落として暗くなる。

「しょうがないですよね。だって私――実家がなくなって、もう貴族じゃありませんし。はぁ、もう少しだけ学園に残りたかったわ。修学旅行だってあるのに」

残念そうにしているマリエを見ていると、何だか俺まで心が痛んでくるじゃないか。

「今度旅行に連れて行ってやるから落ち込むなよ」

「それは嬉しいけど、修学旅行がいいの！　学園の修学旅行に憧れていたのにさ」

いじけてしまうマリエに戸惑う俺は、師匠の方に体を向ける。

「それよりも師匠、俺たちに何かご用ですか？」

いつまでも師匠の前で、情けない姿を晒すのも恥ずかしい。

さっさと用件を片付けて、マリエを外食にでも誘って機嫌を取ろう。

そんなことを考えていると、師匠が俺たちを見て微笑んでいた。

「ミスタリオンも意地が悪いですね。ミスマリエの願いを叶える方法を知っていながら、焦らしているのですか？」

「え？」

師匠の台詞に俺が驚いていると、マリエがバッと席を立って俺に叫んでくる。

「嘘でしょ!?　リオン、あんた私をからかって遊んでいたの!?　酷いわ！　私を弄《もてあそ》ぶのがそんなに楽しいの！」

勘違いされそうな台詞を吐くマリエに、俺は反論する声が大きくなる。

「誤解を招くような言い方をするんじゃねーよ！　師匠に勘違いされたら俺は泣くぞ！」

「何でそこで男の話をするのよ？」

何故かマリエがドン引きしているのだが、俺には理解できない。

睨み合っていると、師匠が口元を拳で隠して笑っている。

俺たちが師匠の顔を見ると「失礼」と謝罪してから、

「二人の様子を見ていたら、心配事はなくなりました。お節介な邪魔者は、この辺で退席するとしましょう」

それだけ言って、師匠は教室を出て行く。

しばらくすると、ルクシオンが姿を現して俺の側に寄ってきた。

『マスターの師匠は解決策をご存じのようでしたね。――さて、それでマスターはどうするのですか？』

決断を迫ってくるルクシオンの視線に耐えかねた俺は、席に戻って腰を下ろした。

マリエも席に座って不満げな顔を向けてくる。

「解決方法があるなら教えてくれてもいいじゃない。あんた、本当に意地が悪いわね。そういうところは、前世の兄貴に似ているわよ」

「お前の兄貴と一緒にするなよ。まぁ、何だ――」

マリエを学園に残す方法だが、実は存在している。

だが、マリエが前世の妹である――と思い込んでいた俺には、選択できない解決方法でもあった。

他の男子では難しいが、今の俺ならば可能だろう。

睨んでくるマリエと、赤い一つ目で俺を凝視してくるルクシオン。

二人の視線に耐えかねた俺は、深いため息を吐いてから天井を見上げ――それから普段通りの雰囲気で言う。

「マリエ――俺と婚約するか？」

「へっ!?」

ムッとした表情が一瞬で驚きに変わり、ボリュームのある髪がふわりと膨らんだように見えた。

心なしか、マリエの顔が赤くなっているような気もするが――夕焼けでよくわからない。

マリエがワナワナと震えている。

「きゅ、急に何を言って――」

「俺と婚約すればお前は学園に残れるぞ」

「ひょんとうっ!?」

本当！　と言いたかったのだろうが、動揺しているマリエは噛んでしまったらしい。

恥ずかしそうに口を両手で押さえているマリエに、俺はヘラヘラ笑いながら事情を教えてやる。

「実家が取り潰されても、お前は元貴族だからな。俺と婚約すれば、いずれは男爵夫人だろ？　十分に学園に通う資格があるのさ。――まぁ、学費は必須になるけど」

マリエは俺の話を聞いて、少しだけ驚いていた。

「どうして知っているの？　もしかして、調べたの？」

「まぁ、うん」

マリエから視線を逸らすと、ルクシオンが図々しく俺たちの会話に割り込んでくる。

『マスターは今回の件を師匠に相談していました。当然ながら、今後のマリエの扱いについても話題に上がりましてね。先程までは、マリエを前世の妹であると誤認していたため、解決方法は同じグループの男子と婚約させることだったのです。ただ、これは少々難しい解決方法でした』

マリエがおずおずとルクシオンに確認するのだが、視線はチラチラと俺を見ていた。

「どうしてよ？」

『取り潰された家の娘というのは、外聞が悪いそうです。――新人類共の価値観は理解に苦しみますが、マリエ個人よりも世間体を気にして婚約を受け入れる男子がいないと想定していました。――ですが、ここにマリエを受け入れても構わない男子がいますね』

ルクシオンの視線が俺に向けられる。

マリエは俺を見て、口をパクパクさせていた。

妙に気恥ずかしさがあり、俺は冗談を交えてマリエに婚約を迫る。

「そういうことだ。それに、お前と婚約すれば俺も婚活生活からおさらばできるだろ？　お前は学園に通えてハッピーで、俺は婚活から解放されてハッピーだ。まぁ、文句もあるだろうが、我慢してくれよ。俺だって我慢しているんだからさ」

俺が言った婚約とは「契約」であることを、言外ににおわせた。

愛し合った末の婚約ではなく、互いに都合が良いからの契約——俺もこの世界に馴染みつつあると実感させられる。

そもそも、マリエは俺なんかより、攻略対象である貴公子たちのような美形の男子たちが好みだ。

この婚約には気乗りしないだろうが、俺にだって言いたいことはある。

マリエには隠していたのだが、実は俺——巨乳の女性が好みだ。

そのため、マリエは俺の好みから大きく外れている。

本当ならばドロテアさんのような巨乳で年上の美女が——いや、あの人は性格に難がある。

連れ去られるニックスを見て笑っていた俺だが、ドロテアさんと結婚しろと言われたら拒否するだろう。

見た目はいいのに、今後の生活を考えるとね。

——ニックスにはちょっとだけ申し訳ない気がするよ。

まぁ、そんなわけで——この婚約を成立させるというのは、巨乳の女子を諦めるというのと同義である。

涙をのんでの決断だった。

しかし、マリエは婚約を申し出た俺に眉根を寄せていた。

「嫌」

短く、それでいて強い意志を感じさせる言葉だった。

「何でだよ!?　お前だって嫌かもしれないけど、俺だって色々と我慢してだな――」

拒否される理由がわからず怒鳴ってしまうと、マリエが涙目になって震え始める。

その姿は俺の罪悪感を刺激するには十分すぎた。

つい「あ、ごめん」と口から謝罪の言葉が出ると、マリエは手の甲で涙を拭いながら怒鳴る。

「もっとムードのある場所で告白されたかったのに！　放課後の教室って何よ！　しかも、告白の台詞が俺も我慢しているって――こんなの絶対に許せない」

「――えぇぇぇ」

マリエの反応に俺が引いていると、ルクシオンが俺たちを交互に見て言う。

『これはマリエが出した条件で婚約を申し出れば、すぐに了承が得られるという意味でしょうか？』

ルクシオンの疑問に、こちらをチラチラ見てくるマリエが頷いていた。

「うん」

『マスター、どうやら仮契約は成立したみたいですよ。良かったですね』

俺が遠い目をして二人を見ていると、ルクシオンが詳細を確認し始める。

『それで、マリエはどのような状況で告白されたいのですか？』

マリエはすぐに笑顔になると、手を組んで理想の告白シーンについて条件を出す。

「そうね。まずは綺麗な星空が見える場所が良いわ。見晴らしの良い外でもいいけど、高級レストランでも可よ。それから、婚約指輪も用意して欲しいわね。前世では結局、結婚指輪ももらえなかったし」

『以上ですか？』

「まだよ！　そもそも告白が駄目なのよ！　何が俺も我慢するから、お前も我慢しろ、よ。そんな告白は絶対に認めないわ。もっとムードを大切にしてよ！　嘘でも良いから、歯の浮くような台詞を真顔で言って欲しいわ。最低でも『ずっと君の側にいて守るから』くらい言えないの？」

『――以上ですか？』

「そうね。他には――」

次々に注文を出してくるマリエに、ルクシオンは真面目に付き合っている。

俺は最初の段階で呆れて聞き流しているが、人工知能とは本当に真面目だよね。

というか、嘘でも良いから歯の浮くような台詞を言えって？　しかも、ずっと側にいて守って欲しいとか――中身は俺よりも年上みたいなのに、随分と乙女である。

マリエは上機嫌で条件を出し続け、ルクシオンは黙って聞いていた。

その様子に俺がため息を吐くと、一段落したらしい。

ルクシオンがマリエの条件を確認した結果――。

『了解しました。それでは、すぐに指輪の制作に取りかかります。こちらは一時間程度で、ミスリルと宝石を使用した指輪を用意できます。また、条件の揃った夜景の見えるポイントを幾つかピックアップしました。三時間後には全ての条件が揃います』

――それを聞いて、マリエは真顔になる。

「え、三時間後？　何それ？」

『マリエが望む完璧なシチュエーションは、三時間後に全ての条件が整います。マスター、すぐに告白の原稿を用意しますので、後で暗記して下さい』

ルクシオンに言われた俺は、額に手を当てながら面倒くさそうな態度で返事をする。

「なるべく短いのにしてくれよ」

『善処します』

こうして着々と段取りが進んでいくが、マリエは気に入らないようだ。

「そんなおざなりな感じで終わらせないで！　私にとっては人生二度目にして、やっと訪れたチャンスなのよ!?　もっとこう――時間をかけて、丁寧に準備しなさいよね」

マリエの言いたいことも理解はできるが、この場合は時間をかけても無駄だ。

ルクシオンはマリエの気持ちを理解していない。

『これ以上の時間をかけても、結果に大差はありませんよ』

「三時間で準備されたと思うと、何か軽く済まされた気がするじゃない？　ほら、それに告白の言葉はリオンに考えて欲しいな～って」

マリエの要求に俺とルクシオンは顔を見合わせ、それから反論する。

「俺に歯の浮くような台詞を考えさせても無駄だ。そういうのに慣れていないし、ルクシオンが用意した原稿の方がマシだと思う」

俺が胸を張って言うと、ルクシオンが一つ目を頷くように上下に動かした。

『マスターに詩的な才能を求めるのが間違っています。わかりました、三十分だけ余分に時間を頂ければ、花火も用意できます。三時間三十分後でいかがです？』

譲歩したような雰囲気を出すルクシオンに、マリエはワナワナと震えていた。

「お、お前ら――もっと告白に真剣になりなさいよぉぉぉ!!」

叫ぶマリエに、俺とルクシオンは顔を見合わせて相談する。

「先に婚約するって学園に報告しておくか」

『その方が良さそうですね。ともかく、これでマリエは学園に残れます。もっとも、マスターと一緒では青春を謳歌できるかどうか』

「おい、俺と一緒にいると不幸と言いたいのか？」

『――いいえ』

「答える時に間があったぞ。お前、俺に対して不満でもあるのかよ！」

ルクシオンと喧嘩を始める俺に、マリエが掴みかかってくる。

「私を無視しないでよ！」

結局、告白をやり直す雰囲気ではなくなり、婚約の申し出は後日という事で先送りとなった。

# 第14話「婚約者として」

査問会が終わってしばらくした頃。

ステファニーの釈放される日が迫る中、学園の生徒が面会に現われた。

元婚約者【ブラッド・フォウ・フィールド】だ。

手入れの行き届いた艶《つや》のある紫色の髪。

香水の香り漂う制服姿の貴公子は、不釣り合いな地下牢という場所で輝いて見える。

フィールド辺境伯――国境を守る大貴族の跡取りである彼は、家臣たちを連れてステファニーに会いに来た。

ステファニーがブラッドを見ると、鉄格子を掴んで顔を近付ける。

「ブラッド様!?」

汚れた姿を見られたくはなかったが、今のステファニーにとってブラッドだけが最後の希望だった。

元婚約者という立場ではあるが、ブラッドならば自分を助けてくれるのではないか？　そんな期待を抱かせてくれる。

ステファニーにとって、ブラッドとは――それだけ頼りになる男性だった。

「ブラッド様、私は反省したんです。だから、助けて下さい！　お願い――します」

涙を流しながら懇願するステファニーを見下ろすブラッドは、目を閉じて心苦しそうにしていた。

フィールド家の家臣と思われる騎士が、ブラッドに話しかける。

「ブラッド様、ご当主様からの言いつけをお忘れなきように」

家臣の言葉にブラッドは頷く。

「わかっているさ」

二人の会話を聞いていたステファニーは、嫌な予感がした。

ブラッドの自分を見る目には、憐れみがある。

頭を振るステファニーは、ブラッドに手を伸ばす。

「お願いです、ブラッド様！　私を助けて下さい！　助けて頂ければ、二度とこのような間違いは犯しません。一生、あなたのご命令に従います！　奴隷でも良いです。どうか――助けて――」

これからを思えば、フィールド家の奴隷になる方が楽だとステファニーも気付いていた。

このまま外に出てしまえば――ステファニーを待っているのは、今まで苦しめてきた者たちからの復讐である。

ステファニーが必死に手を伸ばすが、ブラッドは手を取ってはくれなかった。

「僕には君を助けられない」

「そんな」

絶望するステファニーに、ブラッドは淡々と告げる。

「こうして面会しに来た理由は、君に最後のお別れを言うためだよ。君との婚約は、オフリー家が取り潰されたことで白紙になった」

ステファニーの伸ばした手が、床に落ちる。

いつの間にか、ステファニーの顔は涙と鼻水でグチャグチャになっていた。

ブラッドとの婚約は、貴族として認められたかったステファニーにとって自慢だった。

それが実家の取り潰しで失われたとは理解していても、ブラッドに面と向かって言われると心に突き刺さってくる。

ブラッドはステファニーに気持ちを吐露する。

「ステファニー、教えてくれ。どうして君は、こんなことをしたんだ？　実家が空賊と繋がっていたのは、君個人の責任じゃないだろう。でも、空賊を利用して学園の生徒を苦しめていたなんて――僕はそれが許せない」

手を握りしめたブラッドを見て、ステファニーは泣きながら笑っていた。

「生まれながらの貴族であるブラッド様に、私の気持ちなんて理解できませんよ」

「君だって貴族であるオフリー家の生まれだろうに」

「違いますよ。ブラッド様たち生粋《きっすい》の貴族と違って、私は商人上がりの娘扱いでした。貴族社会にいても、貴族として扱われなかった」

ブラッドが話に耳を傾けると、ステファニーは自分の境遇を語る。

「小さい頃から馬鹿にされてきました。お前は貴族の娘ではない、とね。同格の家柄の娘たちは、私を相手にもしなかった。わかりますか？　貴族社会にいながら、貴族として扱われない私の辛さが？」

ブラッドは何も答えないので、ステファニーは立ち上がった。

「そんな時ですよ。実家の力で屈服させた家の娘が、私に謝ってきたんです。惨めに媚びてくる姿を見て気付いたんです。――力で支配すれば誰もが私に従ってくれる。今まで貴族と偉ぶっていた連中が、惨めにすり寄ってくるんですよ？」

ケラケラ笑い出すステファニーに、ブラッドの家臣たちは危険を感じたのか武器に手をかけようとする。

だが、ブラッドは家臣たちに手を下ろすよう目配せをする。

ステファニーは泣きながら――。

「私の何が間違っていたっていうのよ！　今まで誰も私を認めなかった癖に！　私はただ、認めて欲しかっただけなのに――」

これまで溜め込んでいた不満をぶちまけるステファニーに、ブラッドは真剣な眼差しを向けていた。

「それでも、君のした事は境遇を考慮しても最低だよ。君は誰かに頼るべきだったんだ。それこそ、僕に相談して欲しかったよ。そうすれば今頃は――」

ブラッドは最後まで言わなかった。

いくらブラッドがステファニーの相談に乗ったところで、今回の件を回避できたとは考えられないからだ。

結局、ブラッドにステファニーを救うことはできなかっただろう。

この期に及んで優しい言葉をかけてくれるブラッドに、ステファニーは腹立たしさから苛立ちを覚える。

「今更——優しくしないでよ。もう何もかも手遅れじゃない」

(学園にいた時は会おうともしなかった癖に——あんたは、あの平民女を追い回していただけじゃない)

ステファニーが鉄格子を強く握る。

ブラッドはステファニーの変化に気付かず、ただ優しい口調で返事をする。

「——そうだね」

ブラッドがステファニーの絞り出すような声に、俯きながら悲しそうな顔を見せる。

ステファニーはブラッドを見ながら、意地の悪い問いかけをする。

「本当は私が消えた方が良かったんでしょう？　商人上がりの家の娘なんて、妻にすれば恥になると思ったんじゃないの？」

「そんなことはない。君個人と君の実家は別だ」

「どうだか」

ブラッドに対して口調が荒くなるのは、いくらすがっても助けてくれないとわかったからだ。

だから、何もかもどうでも良くなっていた。

「私がいなくなれば、あの平民女と仲良くやっても誰も咎めないものね。これで心置きなく遊べて良かったじゃない。まぁ、どうせあの平民女も私と同じように捨てられるんでしょうけど」

ステファニーは冗談のつもりだった。

ブラッドも大貴族の跡取りであり、結婚や恋愛に関しては貴族の常識を守ると考えていたからだ。

平民女――オリヴィアとの関係も、学園でのお遊びだと。

しかし、ブラッドはステファニーの言葉に意外な反応をする。

「彼女を遊びで捨てるような真似はしない」

ブラッドの反応は、初々しいものだった。

焦っているのか早口になり、僅かに顔を赤くしてオリヴィアを意識しているのが表れている。

家臣たちは何か言いたそうにしながらも我慢して苦々しい顔をしているが、ブラッド自身は気付いていなかった。

「――嘘でしょ。まさか、本気だったの？」

ステファニーは自分が大きな誤解をしていたことに、ここに来てようやく気付いた。

ブラッドは――ブラッドたちは、オリヴィアとの関係を遊びだとは考えていない、と。

既に、オリヴィアはブラッドの心を掴みかけている。

自分は何年かけても手に入れることができなかったのに。

絶望するステファニーの前で、ブラッドは咳払いをしてから背中を向けた。

「とにかく、君とはこれでさようならだ。――ステファニー、君がもっと早くに自分の過ちに気付いていれば、こんなことにはならなかったのに」

ブラッドが歩き去って行く背中を見ながら、ステファニーは自分の馬鹿さ加減に気付いて絶望する。

（あぁ、そうか。最初から私は間違っていた。マリエやバルトファルトなんて、最初から相手にしなければ良かった。潰すべきは――オリヴィアだったのに）

◇

男子寮に戻ってきたブラッドだが、ある人物に呼び出されていた。

呼び出したのは、男子寮でも一番豪華な部屋を使用しているユリウスだった。

乳兄弟であるジルクが紅茶を用意しているのだが、ユリウスは僅かに困った顔をしてからブラッドに視線を向けて話を切り出す。

「戻ってきたばかりですまないな」

「構いませんよ。それにしても、殿下がステファニーに興味があるなんて驚きました」

ユリウスがブラッドを自室に招いた理由は、一連の事件に関わるステファニーについて調べていたからである。

ただ、興味があったわけではない。

ユリウスは、苦笑しつつ事情を話す。

「母上からの宿題みたいなものだ。今回の件を生徒の立場から報告しろと言われているからな」

ブラッドはアゴに手を当て、何かを察したのか小さく頷く。

「学園の内情をお知りになりたいのでは？　王妃様は他国の出身ですし、学園内部の事情に詳しくあ

りませんからね」

「俺が報告するまでもないと思っているが、断るのも面倒だ」

肩をすくめて見せるユリウスに、ブラッドは微笑を浮かべている。

「僕でよければ協力は惜しみませんよ」

「助かるよ。それで、大体の情報は得ているが、ステファニーに関してはこれまでよく隠し通せてきたとしか言えないものばかりだった。お前から見て、ステファニーとはどういう女子だった？」

尋ねられたブラッドが、今度は苦笑しながら答える。

「空賊と繋がり、利用していたなんて論外でしょう。本来、僕たち貴族は空賊たちから民を守るのが仕事です。それを放棄するというのは、本質を理解していない証拠ですよ。せめて、僕に知らせてくれていれば――いや、それでも駄目だったでしょうね」

ブラッドの話を聞いて、ユリウスは少し気になったらしい。

「随分と冷静だな」

「元婚約者と言っても、特別な関係があったわけではありませんからね。ただ――彼女にも言い分はありましたよ」

ブラッドが少し悲しそうにしながら、ステファニーの境遇について語る。

「貴族でありながら、社交界では除け者扱いですからね。不満を溜め込む理由はありました。まぁ、それでも九割以上は彼女自身の責任ですけどね。――ですが、僕は思いますよ。もっと彼女に歩み寄っていれば、違う結果になったんじゃないかって」

ステファニーに対して、ブラッドは憎みきれないようだ。

憐れむブラッドの様子を見て、ユリウスは小さなため息を吐いた。

「貴族社会の犠牲と言えなくもないか。いつまで古いしきたりに縛られているのだろうな？　今の王国は間違っている」

真剣な顔になるユリウスに、ジルクが近付いてきて紅茶を差し出してくる。

「今日の紅茶は会心の出来です」

微妙な香りにユリウスはハッとしてブラッドを見た。

不穏な発言に驚いているブラッドに、ユリウスは微笑みながら頭を振る。

「体制批判じゃない。ただ俺は――昔から続く仕組みに疑問を持っているだけだ。古くさいやり方は好きじゃない」

ブラッドが胸をなで下ろしつつ、ユリウスの意見に賛同する。

「殿下の気持ちは僕も理解できますね。凝り固まった風習には嫌気が差しますし」

場の空気が和《なご》むと、ユリウスは心の中で思案する。

(オフリー家を認めなかった我々にも責任の一端はある。これも、古くから続く風習が原因じゃないのか？　王国はもっと変わるべきだ)

今回の一件で、ユリウスは今の王国の体制に疑問を抱くようになった。

古くから続く風習――そうしたものに、嫌気が差し始めていた。

(――こういう時は、無垢なオリヴィアの話を聞きたいものだ。彼女の言葉は素直で、俺を驚かせて

くれる。今まで、俺の側にはいなかったタイプの人間だ）
オリヴィアと話をして、彼女の意見を聞きたい――そう思っていた。

◇

一年生のまとめ役であるアンジェリカと、三年生のまとめ役であるディアドリーが地下牢を訪れていた。

二人の目的はステファニーとの面会である。

アンジェリカは一年生の代表として、今回の事件の顚末を確認するために。

ディアドリーは――単純な興味からだった。

「あの娘が地下牢で怯えていると思うと気分が良いですわね」

薄暗い地下牢を明るく照らしてしまうのではないか？　そんな豪華な雰囲気を漂わせているディアドリーの言葉に、アンジェリカは呆れかえっている。

「お前も趣味が悪いな」

「あら？　アンジェリカは、あのならず者たちの末路に心が動かされませんの？　貴族としてあるまじき振る舞いをした連中でしてよ」

これまでステファニーがしてきた行いを考えれば、当然の結果である。

それを確認するだけだと言うディアドリーに対して、アンジェリカはあまり興味を示していなかった。

「私は学年の代表として幾つか確認したいだけだ。そもそも、お前は来る必要がないだろうに」

「わたくしって好奇心が旺盛なのよ」

扇子で口元を隠しているディアドリーを見ながら、アンジェリカはため息を吐いた。

吸い込んだ地下牢の空気が淀んでいたため、気分が悪くなる。

「私の邪魔をしたら追い出すからな」

「あら怖い。でも、そういうアンジェリカは大好きですわよ」

ニコニコしながら後ろをついてくるディアドリーに、アンジェリカは辟易していた。

そんな二人が、ステファニーの牢の前にたどり着く。

ステファニーは壁際にあるベッドに腰掛け、力なく項垂《うなだ》れていた。

その様子を見たディアドリーが挑発する。

「泣き喚いて疲れ果てたのかしら？　あなたにはお似合いの姿ですわね」

自分の忠告を無視したディアドリーに、アンジェリカは険しい視線を向けて黙らせる。

「余計な話をするな」

「仕方ありませんわね」

肩をすくめてディアドリーが口を閉じると、アンジェリカがステファニーに語りかける。

「ブラッドから大まかな話は聞いている。ステファニー、どうして空賊たちを使って学園の生徒に手を出した？　お前は自分が何をしたのか理解しているのか？　お前の行いは、到底許されるものではないぞ」

ステファニーが改心しようが、反省せず罵声を浴びせてこようが、アンジェリカには関係なかった。

ただ、面会してステファニーの話を聞いた——その事実が欲しかっただけだ。

そもそも、アンジェリカはステファニーに反省など求めていない。

既に罰は下されることが決定しているのだから、今更自分が何を言っても覆《くつがえ》らないとわかりきっている。

(王妃様にも面会して話を聞いておけと言われたから来てみたが、この経験が今後に活かされる日が来るのか？　できれば、御免被りたいものだな)

敬愛するユリウスの母親——王妃からの言葉もあり、ステファニーと面会している。

アンジェが問い掛けてから数十秒の時間が経つと、ステファニーが顔を上げた。

その瞳からは光が失われているが、ステファニーの顔からは憑き物が落ちたようだった。

学園で見た攻撃的な表情が消えている。

「私が反省していると言えば、アンジェリカ様は許してくれるのかしら？」

「それはない」

堂々と言い切るアンジェリカに、ステファニーは苦笑していた。

「そうでしょうね。——でも、安心したわ。あんたは、私が憧れた貴族のお嬢様そのものね」

「何を言っている？」

アンジェリカが怪訝な顔をすると、ステファニーが言う。

「私はね、あんたに憧れていたのよ。お嬢様の中のお嬢様で、皆があんたを認めていた。凄く妬ましくて――同時に羨ましかったわ」

「さっきから何の話をしている？　私の質問に答えろ」

冷たく言い放つアンジェリカに、ステファニーは笑っていた。

「今更、私が反省したかどうかなんて関係ないでしょう？　それよりも、私から一つだけ忠告してあげるわ」

アンジェリカが不快感から眉根を寄せると、ステファニーが真剣な顔をしていた。

「あの平民女――オリヴィアには気を付けるのね。うかうかしていると、本当にユリウス殿下を取られちゃうわよ」

ステファニーの忠告を聞いて、カッとなったアンジェリカは鉄格子を握る。

魔力があふれ出し、金属の棒がギギギという不快な音を立ててねじ曲がった。

薄暗い地下牢の中、アンジェリカの赤い瞳がうっすら光を帯びて見える。

「もう一度言ってみろ。あの女に誰が奪われるだと？　――お前も私を虚仮《こけ》にするつもりか？　この場で灰にしてやる」

後ろに控えていたディアドリーが、小さくため息を吐いていた。

「駄目に決まっているでしょうに。アンジェリカ、わたくしもこの娘と話をしたいから、少し席を外してくれるかしら？」

アンジェリカは激高しているが、牢の中のステファニーはニヤニヤしていた。

アンジェリカが背中を向ける。

「もう用件は済んだ。後は好きにしろ」

アンジェリカが地下牢を去ると、ディアドリーが胸の下で腕を組んで呆れていた。

「本当に昔から怒りっぽいわね。アレさえなければ、次期王妃として満点ですのに。でも、怒らないアンジェリカは物足りないですし——痛し痒しですわ」

ディアドリーは、牢の中にいるステファニーを見る。

ニヤニヤ笑っているステファニーは、ディアドリーを前にしても態度を崩さなかった。

全てを失った故に、恐れるものはないと思っている顔だ。

「——さて、それではわたくしからの質問に答えてもらいましょうか」

ステファニーは何も答えず、両の口角を上げて笑っているだけだ。

ディアドリーは気にせず問う。

「ファンオース公国との外交交渉で何をしましたの？　あれだけ王国を恨んでいる連中が、矛を収めたのが未だに信じられませんわ」

ホルファート王国の隣国にして、数年前まで常に争ってきたのがファンオース公国だ。

そんなファンオース公国との外交を成功させたのが、取り潰されたオフリー家である。

その功績もあって、オフリー家はフィールド家と縁を結ぶ機会を得た。

ただ——ファンオース公国は、ホルファート王国を酷く憎んでいる国でもある。

敵国との外交を成功させた手腕を当時褒められていたが、どのような交渉がされたのか知らない貴族たちも多かった。

多くが「オフリー家はファンオース公国との太いパイプを持っているのだろう」と考えているようだが、ローズブレイド家は怪しんでいた。

「査問会でもオフリー家を取り潰せば、ファンオース公国との外交に不利になるという意見が出ました。しかし、その話もすぐに切り上げられました。今まで後ろ盾をしていたフランプトン侯爵まで手の平を返して、処刑を急がせていましたわよ。――不自然なまでに」

査問会に参加したディアドリーは、何か裏があるのではないか？　そんな風に疑っている。

「知っていることを話しなさい。有益な情報であれば、わたくしの名において保護を約束してもよくってよ」

ディアドリーからすれば、ステファニーは気に入らない女子だ。

実家の権力で弱い者をいたぶるのが気に入らなかった。

普段の振る舞いも嫌悪しており、好きなところが一つもない。

それでも、ステファニーから情報が得られるのなら、保護しても構わないと考えていた。

しかし――。

「残念だけど、私は何も知らないわ。ファンオース公国の件も、そしてフランプトン侯爵の件もね」

ステファニーはケケケ、と不気味に笑いながら意味ありげに答えた。

嘘でも知っている風を装って、ディアドリーに助けを求めることはしなかった。

直感で何か知っていると感じたディアドリーだったが、これ以上は無駄であると察してきびすを返して牢を後にする。

「そう、邪魔をしたわね。――それから、今のあなたを少しだけ見直しましたわよ」

ステファニーの潔さに少しだけ感心したディアドリーは、地下牢の階段を上りながら考える。

(今回の一件、どうにも気になりますわね。それに、リオン君も何か隠しているような気もしますし。

まったく――闇の深い一件ですこと)

# 第15話「壺プリン」

オフリー家の事件から王都が落ち着きを取り戻した頃。

学園では生徒たちにとって待ちに待ったイベントが近付いていた。

それは修学旅行だ。

知見を広めるという名目で、修学旅行が全学年で毎年のように行われるのが〝あの乙女ゲーの学園〟である。

生徒たちにとっては毎年のお楽しみだが、それは俺たちにとっても同じだ。

学生食堂でお昼ご飯を食べている俺とマリエは、テーブルを挟んで向かい合って座っている。

マリエは身を乗り出して、修学旅行について楽しそうに語っている。

「あ〜、修学旅行が国のお金で行けるなんて最高よね！」

他人のお金で楽しめると喜んでいる姿に、俺は呆れてしまう。

「生活費は渡しているし、そういう出費に関しては俺が払うって言っただろうが」

「それはそうだけど、こういうのは気分が大事なの！　それに、現地で遊ぶお金は自腹でしょう？　旅費が浮くなら遊ぶお金に回せるじゃない。あ〜、安く観光旅行ができるなんて幸せだわ〜」

貧乏性が抜けないマリエを見ていると、何故か悲しくなってくる。

ルクシオンがいるため、俺たちに金銭的な悩みは存在しない。

それなのに、タダとか安いという言葉に目を輝かせるのは以前と同じだ。

――前世から今世にかけて、苦しい生活を強いられてきた影響だろう。

時々、こいつがどんな生活をしていたのか聞くことがあるのだが、その度に悲しくなって仕方がない。

あのルクシオンですら『――苦労されたのですね』と言って、マリエを甘やかすから相当である。

姿を消して俺たちの側にいるルクシオンが、会話に入り込んでくる。

『観光旅行ならば、私がいつでも連れて行けますよ』

こいつもこいつで、マリエの気持ちを察していないな。

マリエは何とも言えない顔をしていた。

ルクシオンの気持ちは嬉しいが、そうではないと言いたいのだろう。

「修学旅行っていうのがいいのよ。大勢で観光地に行って、皆で楽しむ――あぁ、前世の楽しい頃の思い出が蘇《よみがえ》ってくるわ。ふふっ、涙が出そう」

俺はマリエにハンカチを渡してやる。

「ここで泣かれると面倒になるだろうが」

ただ、マリエは思い出に浸っていて、ハンカチを受け取ったのに俺の話を聞いていなかった。

「夜は先生の見回りに注意しながら、恋バナやら色々な話をしたわね。誰と誰が付き合っているとか、修学旅行中に誰が告白するとか――」

告白という単語が出てきたので、俺はそっとマリエから視線を逸らした。

今日の定食を見る。

「今日の肉料理は正解だったな。柔らかいし、味がしっかりしていて好みだ」

明らかに話題を変えようとしている俺に、マリエは笑顔を向けていた。

ただ、目だけが笑っていない。

「――おい」

「――は、はい」

俯いたまま返事をする俺に、マリエは冷たい目を向けてくる。

「『好きです、付き合って下さい』――それが婚約して欲しい相手に言う言葉として、相応しいと思っているのかしら？」

少し前に告白したのだが、気恥ずかしさから投げやりな態度で行ってしまった。

これがまずかった。

告白を楽しみにしていたマリエは、激高して鬼の形相になって俺を追いかけ回してきた。

――前世持ちの俺だが、恥も外聞もなく叫びながら逃げ回ったよ。

「お、俺が真面目に告白しても、笑われるだけかと思って――ははっ」

笑って誤魔化そうとするが、マリエはテーブルに拳を振り下ろした。

ドンッ！　という音に、俺は姿勢を正す。

「すみませんでした！」

マリエは怯える俺を見て、深いため息を吐くのだった。

「私たちにとってはただの契約で、愛なんてないって理解しているけどさ。――それでも、告白くらいちゃんとしなさいよね」

何故か不満そうにしているマリエが気になったが、ここで口答えをして話をこじらせたくないので素直に謝罪をする。

「仰る通りです」

「というか、あんた本当に前世持ち？　人生経験なさ過ぎじゃない？」

「――前世は社会人でしたが、休日は家に引きこもってゲームをしていたので」

正直、人生経験から言うとマリエには勝てる気がしない。

「はぁ、本当にダメダメじゃないの」

どうして前世を含めて、マリエに駄目出しをされているのだろうか？

落ち込んでいると、貧乏男子グループが俺たちのテーブルに集まってくる。

「マリエ様、本日のプリンを献上しに参りました！」

面倒見のいい人だったルクル先輩が、マリエにプリンを差し出す場面を見せられる。

俺はどんな顔をすればいいの？

視線を逸らしていると、プリンを受け取ったマリエが喜んでいた。

「苦しゅうない、苦しゅうない。ふふっ、学食のプリンって何でこんなにおいしいのかしら？」

小さな壺に入ったプリンは、職人が丹精込めて作っているらしい。

確かにおいしそうだ。

すぐにプリンに手を付けて口に運び、幸せそうな顔をするマリエを見て男子たちも微笑ましそうにしている。

「女神だ。女神がいるぞ」

「プリン一つでこんなに喜んでくれるなんて」

「見ているだけで幸せなんだ～」

――男子たちがマリエを囲んで崇めているため、周囲からの視線を集めて仕方がない。

俺はさっさと食事を済ませて、授業が始まるまで昼寝でもしよう。

そう考えていると、一人の女子生徒が視界に入る。

遠くでテーブルを探してオロオロしているのは、主人公であるオリヴィアさんだった。

周囲は既に生徒たちで埋め尽くされている。

空いている席があっても、近くに貴族の生徒がいると気後れして座れないらしい。

俺はその光景を不思議に思う。

「何だか頼りないな」

周囲はマリエに夢中で、俺の声など聞こえていないようだ。

ルクシオンが姿を消したまま近付いてきて、俺と小声で会話をする。

『健康状態に問題があるように見えますね。以前にデータを得た時よりも、各種数値が悪くなっていますよ』

「そんなことまでわかるのか？」

『はい。もっとも、データを手に入れたのは随分前ですけどね。マスターが私に調査を命じてくれればより詳しいデータが手に入りますよ』

「そいつはいいな」

一瞬、邪《よこしま》な考えが頭をよぎった。

ルクシオンが本気を出せば、スリーサイズも手に入るだろう。

だが、その瞬間に俺の視界にはプリンを食べているマリエの姿があった。

本当に幸せそうにしているマリエの顔を見て、何だか馬鹿らしくなってくる。

「――いや、やっぱりいいや。何か問題があったら教えてくれ」

『よろしいのですか？　オリヴィアのことは常に監視していませんので、非常時にすぐに対応できるとは限りませんが？』

それは心配だと思っていると、困っているオリヴィアさんを助ける人物がいた。

ユリウス殿下である。

「オリヴィア、食事がまだなら俺と一緒に食べないか？」

気さくに話しかけるユリウス殿下に、オリヴィアさんは困った顔をしていた。

周囲から注がれる視線――ユリウス殿下がオリヴィアさんに声をかけたタイミングで、生徒たちが黙ってしまったので学食が静かになる。

カチャカチャと食器の音が聞こえるだけだ。

異様な静けさに変な緊張感が生まれたが、ユリウス殿下は気にしていなかった。

オリヴィアさんは静かに頷く。

「私で良ければ」

オリヴィアさんの了承を得たユリウス殿下は、満面の笑みを浮かべていた。

「俺はお前と食事がしたいんだ。さて、席はどこにするかな？」

ユリウス殿下が周囲に視線を巡らせると、食べ終わっていた生徒たちがさっと立ち上がって席を譲った。

食事が終わっても、居座ってお喋りをしていたらしい。

二人がそちらに向かうと、その様子を見ていたジルクも近付いてくる。

「殿下、抜け駆けとは酷いですね。私もご一緒してもよろしいですか、オリヴィアさん？」

「え？　は、はい」

三人が一つのテーブルを囲んで食事を始めると、周囲はヒソヒソと話を始める。

「随分と親しげだな」

「これってどうなんだ？」

「――お、おい」

そのタイミングで学食に現われるのは、取り巻きを連れたアンジェリカさんだった。

立ち止まった彼女の視線の先には、ユリウス殿下たちが昼食を楽しんでいる姿がある。

学食にまたしても変な緊張感が漂うと――アンジェリカさんが、取り巻きを連れて去って行く。

争いが回避されてホッと胸をなで下ろすと、マリエがプリンを食べ終えていた。

真剣な表情をユリウス殿下たち――オリヴィアさんに向けているので、気になって声をかける。

「どうした？」

「――何でもないわ。気のせいかもしれないし」

「そっか。それより、食べ終わったら俺たちも出ようぜ」

トレイを持って席を立つと、マリエも俺についてくる。

◇

学食で昼食を食べているオリヴィアは、ユリウスとジルクの話に驚いていた。

「私に専属使用人を用意して下さるんですか？　で、でも、私にはお金なんてありませんし、使用人を雇えませんよ」

学園には特殊な制度が存在する。

専属使用人――女子生徒にのみ許された身の回りの世話をする奴隷のことだ。

奴隷商館から亜人種の奴隷を購入するのだが、そこでしっかりとした雇用契約を結ぶことになる。

奴隷と言われているが、彼らにも権利が存在していた。

雇用条件次第では奴隷側から拒否もできる。

ただ、購入には大金が必要になってくるため、貴族の女子生徒たちでも実家に財力がなければ持てなかった。

そんな専属使用人をユリウスたちが用意してくれると言う。

「最近お前が寂しそうにしているからな。考えてみれば、周囲が貴族ばかりではお前も気後れするだろう？　それなら、相談相手がいればいいと思ったんだよ」

オリヴィアはその言葉に希望を感じた。

「相談、相手？」

微笑みながら頷くジルクが、伝手を頼っていい専属使用人がいるという情報を得たらしい。

「王都でも有名な奴隷商館があるのですが、そこに仕事のできるエルフが存在するそうです。少々幼いとは聞いていますが、オリヴィアさんが学園で困らないようにサポートしてくれるはずですよ」

二人の申し出に魅力を感じるオリヴィアだったが、問題を思い出す。

「――でも、お金が」

すると、ユリウスが気にするなと言う。

「その程度なら、俺が出してやるさ」

「そう――ですか」

(私にとっては凄い大金だけど、王太子であるユリウス殿下にはその程度か。やっぱり、本当に遠い世界の人なのね)

自分とユリウスの間には、越えられない深い溝があると実感するオリヴィアだった。

「だったら――お願いしたいです」

（少しでもこの苦しい生活から抜け出せるのなら）

藁にもすがる気持ちで、オリヴィアはユリウスたちの申し出を受け入れることにした。

◇

学食を出たアンジェリカは、取り巻きたちが声をかけられないほど怒りに体を震わせていた。

廊下を歩いているが、前を歩いている生徒たちが慌てて道を譲る。

アンジェリカは、何故かステファニーの声が心の中で聞こえてくる。

（オリヴィアには気を付けるのね。――本当にユリウス殿下を取られちゃうわよ）

忌々しいと眉をひそめる。

（あんな小物の言葉に惑わされるものか！　ユリウス殿下は王太子だぞ。平民の女にうつつを抜かしたとしても、いずれ気付いて下さる。――必ず、私のもとに戻ってきてくれる）

現実的にあり得ないと思いながらも、ステファニーの言葉が頭から離れない。

そのため苛立っていた。

（負けるわけがない。あんな女に――オリヴィアなどに、私の殿下への愛が負けるはずがない！）

# エピローグ

学園が休日の午後。

俺とマリエは、買い物を終えて喫茶店に入っていた。

大量の荷物を床に置いた俺は、ゲッソリした顔で紅茶を一口飲む。

帰りもこれを持って学園に戻るのかと考えるだけで気が滅入る。

対して、買い物を済ませたマリエは上機嫌だ。

注文したケーキを食べながら、今日のショッピングについて話をしている。

「私服を購入したから修学旅行でも安心ね。ずっと制服姿ってわけにもいかないから困っていたのよ」

持っている私服は全てボロボロと聞いて、俺は泣きそうになったよ。

マリエの性格なら「ブランド物じゃないと嫌！」くらい言うと思ったのに、貧乏性が災いして高価な服を買おうとすると拒否反応が出ていたのには驚いた。

幸せになって贅沢な暮らしをするんだ！　などという目標を掲げていたのに、前世からの魂と今世の肉体が拒絶反応を示すとか何なの？

本当に呪われているんじゃないだろうか？

「安い服ばかりで良かったのか？」

「し、仕方ないでしょ！　高いのを買おうとすると、目眩《めまい》がするのよ。新品の服を買うって意識するだけでもフラフラしたんだから」

普通の生活をするだけでもリハビリが必要になりそうだな。

贅沢ができるようになるのは、いったいいつになるのやら。

「夏期休暇の時はどうしていたんだよ？」

「あ、あれは——リオンのお母さんが用意してくれたから、ご厚意に甘えて借りていたのよ」

恥ずかしそうにしているマリエを見て、俺は右手で顔を押さえる。

「お袋も言ってくれればいいのにさ」

すると、ルクシオンが半透明の状態で俺たちの間に入り込んできた。

俺とマリエの会話に交ざりたいらしい。

『マスターの母君も裕福に慣れておられないのでしょう。何しろ、貧しい暮らしを送っていた期間が長いそうですからね』

今日のルクシオンの言葉は妙に心に刺さった。

「お袋も苦労しているからな。——今日は何かお土産でも買って、実家に送ろうかな？」

『それが良いでしょうね。マスターにしては有意義な休日の使い方ですよ』

「いちいち嫌みを挟むなよ」

苛立たせてくるルクシオンに不機嫌な顔を向けていると、マリエが修学旅行の話題を俺たちに振ってくる。

「いつもの喧嘩はそこまでにしなさいよね。それよりも、今は修学旅行よ！　まさか和風な浮島になるとは思わなかったわ。ちょっと運命的なものを感じるわね」

俺たちが向かう修学旅行先が、そこだった。

このファンタジー世界に日本風の浮島があるのは違和感が凄い。

しかし、元々はフワッとした設定のゲーム世界だ。

深く考えても答えなど出ないだろう。

――まぁ、日本人という前世を持つ俺たちが、日本風の浮島に向かうのだからマリエのように運命を感じてもおかしくはない。

しかし、俺は今回に限って運命は関係ないと知っている。

何故なら。

「運命ではないな。だって、原因は俺だし」

「え？」

マリエが首をかしげるので、どうして俺たちが和風の浮島に向かうのか教えてやる。

「実は教師たちを買収――贈り物をしたんだ。今年の修学旅行は和風な浮島がいいな～ってそれとなく伝えてさ」

「あ、あんたって」

マリエがドン引きしていると、ルクシオンがその時の様子を語る。

『随分とマイルドに表現していますが、修学旅行先を決めるために金貨を大量に用意しましたからね。決定権を持つ教師たちを一人一人呼び出して、和風な浮島に行きたいと熱心に語っておりました。皆さん、金貨の入った袋を受け取り喜んで賛成していましたよ』

マリエは無表情で俺を見ていた。

「あんた本当に最低だわ。その金貨、私にも頂戴よ」

手を出してくるマリエに、俺は眉根を寄せた。

「生活費は渡しているだろうが」

「金貨！　金貨が欲しいの！　貴金属は何だか恐れ多くて買えなくなっているから、とりあえず金貨が欲しいわ。金貨だったら、持っていても震えないと思うし」

ルクシオンがマリエに言う。

『白金貨も簡単に用意できますよ。最初は試しに一千枚用意しましょうか？』

白金貨——魔力を宿した金貨は不思議な輝きを放つ。

黄金にも白にも見える美しい金貨は、硬貨の中では最高の価値を持っていた。

一枚でも結構な価値があるので、マリエの願いを叶えるには丁度いいとルクシオンが判断したのだろう。

だが、白金貨と聞いたマリエの手が震えている。

「きょ、今日のところは勘弁してあげるわ」

『残念です。必要になったらいつでも声をかけて下さい。とりあえず、一万枚はストックしてありますから』

マリエが頭を揺らし、目をぐるぐるさせていた。

「い、一万枚!?　白金貨が一万枚!?　あは、あははははっ」

「あ～あ、壊れちゃった。ルクシオンのせいだぞ」

『――マリエが欲しいと言うので用意しようとしただけなのですがね』

難儀な体質だと思いつつ、俺は懐から首飾りの入った箱を取り出す。

テーブルの上に置くと、マリエが正気を取り戻して俺の顔を見る。

「これは？」

「プレゼントだよ。とりあえず告白はまだ合格をもらっていないから、その代わりに用意した物だ」

「え、本当!?」

マリエが嬉しそうに箱を手に取って、中身を開けて良いか確認するためチラチラと俺を見てくる。

頷いてやると、マリエが箱を開けた。

「うわ～。――ん？　これって――」

マリエが首飾りを箱から取り出すと、何とも言えない顔をしていた。

少し派手すぎるデザインの首飾りは、ウィングシャーク空賊団のお頭から手に入れた物だ。

安直な名前の【聖女の首飾り】というキーアイテムである。

マリエは俺の前に首飾りを広げると、頬を引きつらせていた。

「おい、拾い物を渡してどういうつもりよ？　まさか、私にオリヴィアに渡して欲しいとか言わないでしょうね？　言っておくけど、接点とかないからね！」

人の話を聞かずに勝手に勘違いをするマリエに、俺はヘラヘラ笑って答える。

「いや、だってお前って何かと前世から呪われているみたいだからさ。御利益のありそうな聖女様のキーアイテムを持っていれば、少しは祝福されるんじゃないかと思ってね」

冗談を言っているように聞こえるかもしれないが、マジである。

今回ばかりは真剣だ。

その証拠に、ルクシオンも賛同してくる。

『私は祝福や呪いを肯定しませんが、マリエの気持ちがこれで楽になるならば持つべきだと判断しました。また、マスターの知識通り、その首飾りには魔力的な効果があるようです。持っているだけでも効果があるのは間違いありません』

店売りされている魔力を宿した道具などよりも、よっぽど強い力を宿しているらしい。

ルクシオンも興味津々だったのだが、マリエに渡すと言うと素直に従ってくれた。

マリエは聖女の首飾りを手に取り、何だか複雑な顔をしている。

「ふ、ふ～ん、私のためにね。でも、いつかはオリヴィアに返すのよね？」

それは仕方がない。

時が来れば、俺の方で接触して聖女の首飾りを渡すつもりだ。

「時期が来ればな。オフリー家と空賊団は倒してしまったけど、首飾りを渡せばストーリー的に問題ないだろ？　それまでの間は、お前の不運を軽減させてもらってもいいだろ」

割と本気で聖女の首飾りには期待している。

あの乙女ゲーでは、聖なる力を宿した道具だ。

邪を払い、持ち主を守る道具――是非とも不運なマリエを守ってもらいたい。

『いずれ返却するにしても、マリエが持つべきでしょう。――それに、その道具はマリエに反応しているように見受けられます』

「え、そうなの？　も、もしかして、私にも聖女の適性があったりして」

えへへ、と嬉しそうに笑っているマリエに対して、俺はゲラゲラと笑ってしまう。

ちょっと、いやかなり期待しているようなマリエがおかしくて仕方がない。

主人公であるオリヴィアさんならともかく、中身を考えると聖女とはとても思えない。

聖女とは清い心を持った優しい人に決まっている。

それなのに、少し期待したマリエの顔が酷く滑稽に見えた。

マリエが聖女？　絶対に似合わないね。

「お前が聖女って柄かよ。そもそも中身が――す、すみませんっ」

笑ったら、マリエに凄い顔で睨まれてしまった。

俺がすぐにマリエから顔を背けて謝罪をすると、ルクシオンが呆れかえっていた。

『本当にマスターは成長しませんね。事実を言うとマリエが怒ると学習するべきではありませんか？　まったく――え？』

一つ目を横に振るルクシオンだったが、マリエの手が伸びて掴んでいた。

ギチギチと嫌な音が聞こえてくるのだが――ま、まさかね？　このまま握り潰したりしないよね？

「リオンを貶《けな》しつつ、私まで馬鹿にする高等な技術を持っているじゃないの。ルクシオン、あんたともしっかり話し合いをしないといけないわね」

『マスター、救助を要請します』

助けを求めてくるルクシオンに、俺は親指を下に向ける。

「嫌だね」

『本当に最低な性格をしていますね』

「自業自得だろ。お前はもっと人間の機微について学ぶんだな」

ルクシオンを笑ってやると、マリエが俺に笑みを向けていた。

「あんたも逃げられると思わない事ね」

「えぇぇぇ」

どうやら、俺たちは逃げられないようだ。

◇

その日の深夜。

マリエは聖女の首飾りを机の引き出しに大事にしまい込んでいた。

既にマリエは布団を蹴飛ばし、涎《よだれ》を垂らしながら眠っている。

「リオンのばかぁ――ルクシオンのこのやろぉ――くぅ～」
寝言を言いながら幸せそうに眠っていた。
そんなマリエの部屋でガタガタと音がする。
机の引き出しが勝手に開くと、そこから黒い靄《もや》が湧き出してマリエの側に近付く。
それは人の形を取っていた。
女性の姿に見える黒い靄は、頭部と思われる場所に黄色に光る目を持っている。
アーモンド形の二つの目が、大きく見開かれたかと思うと細く鋭くなった。
黒い靄が現われた場所には、聖女の首飾りがあった。
――不気味な黒い靄は、マリエを覗き込むとアーモンド形の目を弓なりに歪ませる。
念願が叶ったと、随分と嬉しそうにしていた。
『――やっと見つけた』
怪しい存在が接近しているというのに、マリエには起きる気配がない。
寝返りをうって、まだ幸せな夢を見ているらしい。
「うへへ」
黒い靄の手が、眠っているマリエに伸びる。
『――お前の体をもらうぞ』
その手はマリエの体に突き刺さり、体の中へと入り込んでいくのだった。

# あとがき

「あの乙女ゲーは俺たちに厳しい世界です」二巻は楽しんで頂けたでしょうか？

時々タイトルを間違える作者の三嶋与夢《みしまよむ》です。

そもそも本編のタイトルと似ているため、間違いやすくて仕方がありません。

これが別物なら間違えなかったのに、と後悔しております。

ちなみに、タイトル案を出したのは自分ですが。

本編に似ていた方が、手に取る読者さんも手を伸ばしやすいはず！　と考えた結果のタイトルです。

間違っていた時は、見かけても許してくれると嬉しいです。

さて、今回のあとがきではステファニーについて書かせて頂きます。

ステファニーというキャラクターですが、本編と合わせて不思議なキャラクターになったというのが作者である自分の感想ですね。

本編ですら名前がなく、オフリー家の令嬢という肩書きで登場していたキャラクターです。

言ってしまえばモブキャラだったのですが、アニメ化の際に必要になって名前を用意した経緯があります。

イラストも個性的でしたし、何よりも読者さんたちにインパクトがあったんでしょうね。

悪役らしい悪役でしたから。

個人的にもステファニーは好きですね。

キャラクターとして動かしているのも楽しいですし、設定の細部を用意する時もほとんど悩まずに済みました。

ある程度は書籍化の段階でも考えてはいましたけどね。

彼女がどうしてアンジェリカにしつように絡んだのか？　本編では書いておりませんが、この外伝で確認して頂けたらと思います。

ステファニーの結末は二巻を読んで確認してもらうとして、今後の「あのせか」の方針も伝えておきますね。

アンケート特典の頃から追いかけて下さっている読者の皆さんは、今巻を読んだ際に「ここで切るの？」と疑問に思ったかもしれません。

アンケート特典では、この先の展開まで書いていましたからね。

ただ、書籍にするとどうしても一冊にまとめる必要があります。

そのため、今後も大幅に加筆して区切りよく読んでもらえるよう書いていくつもりです。

アンケート特典より更に面白く！　を目標に頑張りますので、これからも本編共々応援を何卒よろしくお願いいたします。

THAT OTOME GAMES IS A TOUGH WORLD FOR US

GC NOVELS

# あの乙女ゲーは俺たちに厳しい世界です 02

THAT OTOME GAMES IS A TOUGH WORLD FOR US.

2023年8月6日初版発行

著者　三《み》嶋《しま》与《よ》夢《む》

イラスト　悠井《とおい》もげ

キャラクター原案　孟達《モンダ》

発行人　子安喜美子

編集　並木愼一郎／伊藤正和

装丁　森昌史

印刷所　株式会社平河工業社

発行　株式会社マイクロマガジン社
〒104-0041　東京都中央区新富1-3-7　ヨドコウビル
［販売部］TEL 03-3206-1641／FAX 03-3551-1208
［編集部］TEL 03-3551-9563／FAX 03-3551-9565
https://micromagazine.co.jp/

ISBN978-4-86716-452-5　C0093


本書はGCノベルズ「乙女ゲー世界はモブに厳しい世界です」のアンケート協力特典として
公開されていたものを加筆の上、改題し書籍化したものです。



**ファンレター、作品のご感想をお待ちしています！**

宛先　〒104-0041　東京都中央区新富1-3-7　ヨドコウビル
株式会社マイクロマガジン社　GCノベルズ編集部「三嶋与夢先生」係「悠井もげ先生」係